BIONICLE®

AVENTURAS #5

La odisea de los Toa

Greg Farshtey

nowtilus

Colección: BIONICLE®
www.nowtilus.com
www.LIBROSBIONICLE.com

Título: *La odisea de los Toa*
Título original: *Voyage of Fear*
Autor: © Greg Farshtey
Traducción: Diana Villanueva Romero para Grupo ROS

Copyright de la presente edición © 2006 Ediciones Nowtilus, S.L.
Doña Juana I de Castilla 44, 3º C, 28027 Madrid

Editor: Santos Rodríguez
Responsable editorial: Teresa Escarpenter

Coordinación editorial: Alejandra Suárez Sánchez de León
Realización de cubiertas: Jorge Morgado para Grupo ROS
Diseño de interiores y maquetación: Grupo ROS
Producción: Grupo ROS (www.rosmultimedia.com)

ISBN: 84-9763-251-6
ISBN13: 97884-9763-251-5
Depósito legal: M. 19.851-2006
Fecha de edición: Abril 2006

Printed in Spain
Imprime: Fareso, S.A.

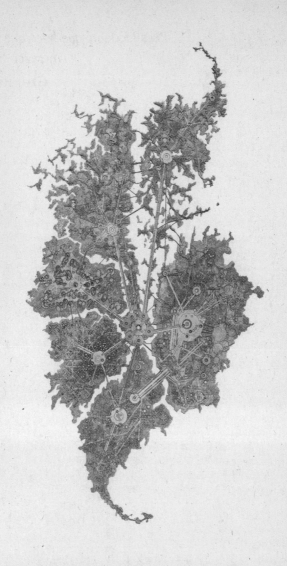

La ciudad de Metru Nui

*Para Jacckina, que hace que el viaje
merezca la pena.*

GREG FARSHTEY

INTRODUCCIÓN

Tahu, Toa Nuva del Fuego, estaba preocupado. Llevaba horas en la empinada cuesta del volcán Mangai. Recorrió con sus ojos el terreno que se extendía a sus pies. Podía ver docenas de Matoran afanados en su trabajo, pero no lograba encontrar a quien deseaba ver en medio de la multitud.

Dos veces había salido y se había puesto el sol desde que Turaga Vakama completara su última historia. Se trataba de una crónica sorprendente sobre cómo los seis Toa Metru arriesgaron su vida para salvar a los Matoran de una terrible conspiración. Aunque sufrieron una traición inesperada y la trágica muerte de un gran héroe, lograron ayudar a los habitantes de Metru Nui a escapar de la ciudad condenada al desastre.

A pesar de que su historia había puesto al descubierto muchos secretos, todavía quedaban muchos misterios sin resolver. Cuando los Toa Metru dejaron la ciudad, sólo llevaban consigo seis Matoran. Estos seis, como el resto de la población de la ciudad, estaban inconscientes por la acción del malvado Makuta y permanecían dentro de esferas de plata. Aún así, había más de seis Matoran en Mata Nui, ¿cómo habían logrado llegar a la isla? ¿Y qué les había pasado a todos los demás que habían vivido en Metru Nui?

Seguían sin tener respuestas porque Turaga Vakama había desaparecido. Los Toa y los Matoran llevaban días sin ver al anciano de la aldea. Después de mucho debate, Tahu, Gali y Pohatu habían acordado estar alerta ante cualquier amenaza, mientras que Takanuva, Kopaka, Onua y Lewa exploraban la isla palmo a palmo.

Tahu se giró para ver al Toa Nuva del Agua que se dirigía hacia él.

—¿Alguna noticia? —preguntó Gali.

—Nada y esto no me gusta —contestó Tahu—. Turaga Vakama es el líder de mi aldea. Debería estar buscándole.

—Lo entiendo. Pero de entre todos los Toa, tú eres la fuerza e inspiración de los Matoran. Tenerte cerca les hace sentirse seguros. Sabes que los demás se esforzarán al máximo. Llamarán si necesitan nuestra ayuda.

La voz de Kopaka se oyó sobre sus cabezas.

—Creo que he encontrado nuestra respuesta.

Ambos Toa se volvieron para ver a su amigo que venía por el puente de hielo para saludarles. Junto a él venían Turaga Nokama de Ga-Koro, Turaga Nuju de Ko-Koro y Matoro, el aldeano que traducía el peculiar lenguaje de gruñidos, silbidos y gestos de Nuju.

—La búsqueda no es necesaria —afirmó Nokama—. Vakama se marchó para meditar en soledad. Está a salvo y regresará cuando su espíritu esté de nuevo en paz .

—¿Por qué se marcharía sin decírselo a nadie? —inquirió Tahu.

—Con un corazón tan lleno de preguntas, Tahu, ¿le hubieras dejado marchar? —preguntó Nokama—. Nos lo confesó a mí y a los demás que luchamos junto a él en Metru Nui. Ahora te hacemos partícipe a ti y te rogamos que respetes lo duro que ha sido para Vakama revivir el pasado a través de sus historias. Concédele este tiempo.

Nuju silbó y realizó una rápida serie de gestos con la mano. Matoro asintió y dijo:

—El Turaga dice que habéis aprendido todo lo que necesitáis saber sobre Metru Nui. Ahora deberíais dejar a Vakama solo.

Gali negó con la cabeza y mirando fijamente a Nokama dijo:

—No. No viajaremos a la ciudad de las leyendas con misterios colgando como nubes negras sobre nuestras cabezas. Respeto el dolor que el Turaga Vakama debe sentir, pero ha llegado el momento de saberlo todo.

Nokama era conocida por su sabiduría. Sabía que no tenía ningún sentido discutir con Gali, pero había sido testigo de lo cansado y débil que se había quedado Vakama tras contar las historias. Sólo había una respuesta.

—Muy bien, Toa de Agua —dijo finalmente—. Reúne a tus hermanos y os contaré el próximo capítulo de nuestra historia.

Aquella noche, se reunieron alrededor del fuego en la playa junto a Ga-Koro, siete Toa, cinco Turaga, Matoro y Hahli, que ahora servía como Cronista para los Matoran. Esperaron en silencio a que Nokama hablase.

—Debéis recordar lo que pasó antes —comenzó a hablar la Turaga de Agua, su voz no más que un suspiro—. Metru Nui había caído, destruida por una tormenta y un terremoto. Todos los Matoran habían sido condenados a un sueño tan profundo que parecían estar muertos. No podíamos despertarles. Pero habíamos logrado llevarnos a seis de ellos, todavía dentro de sus esferas, con la intención de volver a por el resto en el futuro.

—Matau había sido capaz de sujetar con unas correas las esferas a la parte baja de un vehículo de transporte Vahki, convirtiéndolo en una embarcación capaz de navegar. Avanzábamos por una grieta de la Gran Barrera, dejando atrás Metru Nui en una búsqueda desesperada de un lugar seguro para todos los Matoran. Pero hacia dónde íbamos y qué peligros encontraríamos en nuestro camino, nadie podía decirlo....

1

—No lo aguanto más —masculló Onewa—. De verdad que no puedo.

El Toa Metru de Piedra miró su alrededor. Los demás Toa estaban repartidos por el improvisado bote, atentos a cualquier peligro. Matau estaba en el puente de mando esforzándose por mantener el rumbo del transporte Vahki que había sido convenientemente adaptado. Todos estaban demasiado ocupados como para hacerle caso.

—He dicho… —comenzó a decir en voz más alta aún.

—Lo hemos oído —respondió Nuju, Toa del Hielo—. Además de que estamos navegando por un túnel estrecho en un vehículo que no está diseñado para viajar por el agua y que podría hundirse en cualquier momento… ¿qué más te molesta?

Onewa hizo un gesto a los demás Toa.

—Esto. ¡Todo esto! ¡Nuestra ciudad corre peligro, los Matoran están presos… y nosotros huimos!

Nuju negó con la cabeza.

—Nuestra ciudad ha sido destruida. Posiblemente no pueda volver a ser lo que era. Estamos haciendo lo único que podemos hacer, intentar encontrar un lugar para que los Matoran puedan comenzar de nuevo.

—Y encima eso —refunfuñó Onewa—. Vakama dice, «Cruzad la Gran Barrera», y allá vamos. ¡Ni siquiera sabemos hacia dónde nos dirigimos!

—Estamos navegando hacia algún lugar lejos de Metru Nui, lleno de nuevos retos y de una nueva oportunidad de vida —respondió Nuju—. El camino será largo y habrá muchos peligros. Puede que no todos logremos vivir para caminar por la faz de esa tierra.

—¿Cómo lo sabes?

—De la misma manera que sé que no dejarás de quejarte hasta que nuestro viaje termine —replicó Nuju—. Lo sé todo.

Matau giró el timón repentinamente para evitar que el transporte chocara contra una pared de roca. Incluso con las esferas manteniéndolo a flote y las patas de insecto del vehículo actuando como remos, esta cosa flotaba casi tan bien como cualquier

Po-Matoran. A lo largo de su existencia había conducido prácticamente todas las clases de transporte que había en Metru Nui pero jamás algo que podía definirse como un desastre a punto de ocurrir.

Aún así, ¿qué más podían hacer? Habían derrotado a Makuta, aunque después de que éste hubiera logrado dejar la central eléctrica de la ciudad sin energía. Metru Nui era sacudida por temblores que derribaban edificios y puentes. Había brigadas de mantenimiento del orden Vahki por todas partes: intentando todavía cumplir sus últimas órdenes: ¡Detened a los Toa cueste lo que cueste! Por eso no habían tenido tiempo de parar en Ga-Metru para elegir una embarcación en condiciones.

Ser un héroe Toa, dije, pensó Matau. ¡Descubrir nuevos y emocionantes lugares! ¡Salvar a los demás! ¡Ser casi aplastado por una planta gigante y pisoteado por Cazadores Oscuros! ¿En qué estaba pensando?

Whenua, Toa de la Tierra, no había dicho una palabra desde que la embarcación pasara por la Gran Barrera hasta meterse en el túnel. Normalmente, le hubieran asaltado mil interrogantes. ¿Quién había hecho este túnel? ¿A dónde llevaba?

¿Eran las piedras de luz que proporcionaban la iluminación una parte natural de los muros de roca o los había puesto alguien allí?

Los archiveros siempre estaban preguntando el porqué de las cosas. Era su trabajo. Convertirse en un Toa Metru no había borrado esa parte de Whenua. De hecho, los recuerdos de su vida pasada eran lo que le preocupaba. Ahora los archivos quedaban lejos de él y habrían sufrido Dios sabe cuánto daño durante el terremoto. Los seres de la exposición podían haber sido destruidos o peor aún, puestos en libertad.

Al haber pasado la mayor parte de su vida como un Onu-Matoran, sabía que su tarea era preservar y proteger el museo viviente de Metru Nui. Pero como Toa Metru, tenía una obligación mayor. Debía servir y defender a todos los Metru, no sólo su hogar. Sus amigos dependían de él y los Matoran durmientes también.

Pero cuando volvió a mirar la entrada del túnel, no pudo evitar desear haber estado en los Archivos en el momento del desastre. *Es ahí a donde pertenezco,* dijo para sí.

Vakama había permanecido callado desde que comenzó el viaje. Estaba de pie en la proa de la nave, atento a los peligros que les aguardaban. Nokama, junto a él, contemplaba con asombro el paisaje que les rodeaba.

—¿Alguna vez te has planteado quién construyó todo esto? —preguntó—. La Gran Barrera, este túnel... ¿fueron los Matoran en un pasado remoto quienes construyeron estas cosas o fueron los Grandes Seres los que las crearon?

Como Vakama no respondía se dio la vuelta para mirarle. Tenía una mirada que había llegado a reconocer bien a lo largo de sus aventuras juntos. Ningún enemigo podía golpear con más dureza a Vakama que él mismo.

—Hemos hecho todo lo posible —dijo el Toa del Agua en voz queda—. Salvamos a los que pudimos, Vakama, y llegará el día en que salvemos al resto. Toa Lhikan habría estado...*estaba* orgulloso de ti.

Vakama se sobresaltó al oír el nombre del Toa. Lhikan había sido un héroe de Metru Nui cuando estos seis no eran más que simples Matoran. Traicionado y acorralado, había sacrificado su poder de Toa para que los seis Toa Metru pudieran existir. Siendo un Turaga, les había ayudado en su lucha contra Makuta. Pero su último recuerdo de Lhikan era el que más le dolía: la noble figura pereciendo a causa de un rayo de oscuridad destinado a Vakama.

—No hay duda de que tienes razón, Nokama. Pero sigo pensando que Lhikan hubiera encontrado una manera de salvar la ciudad de este cataclismo.

—Lo hizo —respondió Nokama—. Nos encontró. ¿Recuerdas lo que dijo? 'Salvad el corazón de la ciudad'. Sabía que los edificios, los puentes y las estatuas no eran lo más importante. Los Matoran dieron la vida a Metru Nui y debemos luchar para salvarlos.

Nokama colocó una mano sobre su brazo y sonrió.

—Cualquier Ga-Matoran te diría que no puedes dirigir una embarcación mirando hacia atrás todo el tiempo. Tienes que mirar hacia delante.

—Entonces hagámoslo —dijo Vakama—. Comencemos por este maltrecho transporte Vahki. Necesita un nombre.

Tomó su herramienta para hacer máscaras y sin más dilación grabó una serie de letras Matoran en un costado de la nave. Cuando hubo acabado

Nokama se apoyó sobre su hombro para ver qué había escrito. Sólo había una palabra:

Lhikan.

El Lhikan había seguido un curso bastante lineal y uniforme hasta el momento. El túnel se ensanchaba a medida que los Toa avanzaban. Al no haber ninguna salida no había riesgo de perderse. Pero eso estaba a punto de cambiar.

Matau redujo la velocidad de la embarcación. Delante de ellos el túnel se bifurcaba. Ambas salidas le parecían idénticas: oscuras, tenebrosas y casi tan atractivas como hallarse sin rumbo cierto en medio de un puente roto junto a Nuju.

—¿Por dónde vamos? —preguntó el Toa del Aire sin dirigirse a nadie en particular.

Nokama miró a Vakama. Estaba esforzándose, pero sus visiones del futuro no aparecían a voluntad. Surgían de manera aleatoria y ahora no veía nada.

—No sé —respondió—. No me llega nada de ninguna parte.

—Es una pena que no haya ninguna inscripción donde diga 'Por aquí se va a un lugar seguro' —dijo Matau—. Yo digo que vayamos a la izquierda.

—¿Por qué?

—Porque casi nunca vamos a la izquierda —respondió Matau mientras giraba la nave.

—Esa…esa es la razón más ridícula para elegir un camino que he oído jamás —respondió Nuju—. ¿Acaso el curso de nuestra misión va a ser decidido por el deseo de diversidad del Toa del Aire?

—Yo digo que vayamos por la izquierda —repitió Matau sonriente.

El transporte enfiló hacia el pasadizo de la izquierda. Apenas estaba a la mitad de camino de la boca del túnel cuando la protodermis que lo llenaba todo empezó a burbujear. La temperatura subió en una fracción de segundo. Onewa miró hacia un lado y vio que el transporte estaba empezando a fundirse. Ni siquiera quiso pensar en lo que le podía estar ocurriendo a las esferas Matoran.

—¡Retrocede! —gritó—. ¡Sácanos de aquí!

Arriba, delante de ellos, algo abrió una brecha en las olas lanzando un poderoso rugido. Los Toa Metru alcanzaron a ver unos ojos de un color verde brillante, un cuerpo inmenso, una boca lo suficientemente grande como para tragarse el transporte entero, y una piel que irradiaba un intenso calor. Entonces la criatura volvió a sumergirse en el líquido hirviente.

—Derecha. Definitivamente es la derecha —murmuró Matau, dándole la vuelta a la nave. Una vez que estuvieron fuera del pasadizo, giró con tal brusquedad que estuvo a punto de romper la nave en dos y se metió a toda velocidad en el otro túnel.

—¿Qué era eso? —preguntó Nuju, más sorprendido de lo que quisiera admitir.

—¿Una ilusión? —sugirió Nokama—. ¿Algo para hacernos dar la vuelta?

Onewa negó con la cabeza.

—El daño al transporte es real.

—Nos turnaremos en la vigilancia entonces —dijo Vakama—. Si hay cosas como esas aquí, necesitaremos estar atentos.

Nokama le hizo una señal a Matau para que parase la nave.

—Voy a ver en qué estado se encuentran las esferas. Si empiezan a gotear…

No tuvo que terminar la frase. Si las esferas goteaban, los Matoran que estaban dentro podían ahogarse. Se asomó por la borda, hasta tocar la protodermis líquida. Estaba más caliente de lo que pensaba, mucho más que el océano alrededor de Metru Nui. Además era sorprendentemente diáfana, casi como la protodermis purificada que fluía a través de Ga-Metru.

Nadó alrededor de la parte baja del transporte, revisando cada una de las esferas. Aparentemente todas estaban bien construidas, porque no parecía que la inmersión en la protodermis hirviente hubiera causado un gran daño. Aunque una de las patas del transporte se había fundido casi por completo y necesitaría algunas reparaciones.

Nokama estaba casi a punto de regresar a la superficie cuando sus ojos descubrieron algo brillante en el fondo del túnel. Volvió a sumergirse para echar un vistazo más de cerca.

Se trataba de un Rahi, en apariencia muerto, pero en absoluto parecido a nada de lo que había visto hasta entonces. Largo y con forma de serpiente, su cuerpo medía por lo menos veinte metros de largo según sus estimaciones. Su cola estaba cubierta de púas que medían al menos un metro de largo. Incluso muerto, desprendía un aura de sorprendente fortaleza.

¿Qué era esta criatura? Pensó mientras nadaba velozmente de regreso al transporte. *Y lo que era más importante, ¿qué tendría el poder de matarla? ¿Habíamos escapado a los peligros de Metru Nui sólo para encontrar algo mucho peor?*

2

Whenua movió la cabeza lentamente de atrás adelante, su Máscara de Visión Nocturna iluminaba cada rincón del túnel. No había vuelto a ver señales de los monstruosos Rahi, pero eso no quería decir que estuviera tranquilo.

Sabía que debía hacerles partícipes de sus sospechas sobre las dos criaturas, una viva y otra muerta, encontradas hasta ahora. Pero, ¿y si se equivocaba? ¿Y si no eran los Rahi que recordaba y no tenían ninguna conexión con el proyecto? Entonces no sólo habría revelado uno de los secretos mejor guardados de Onu-Metru, sino que en el proceso habría hecho el ridículo.

No. Si me equivoco, mi silencio no hará daño alguno, resolvió. *Y si tengo razón…ni siquiera quiero pensarlo.*

De repente el transporte se sacudió con tal violencia que Whenua por poco salió despedido por la borda. Se dio la vuelta y descubrió a Matau luchando por hacerse con los controles y a los demás

Toa Metru esparcidos como luciérnagas abatidas por un fuerte viento.

—En nombre de Mata Nui, ¿qué intentas hacer?

—Tenemos que regresar —respondió Matau, como si fuera la cosa más obvia del mundo—. Debemos volver a la ciudad para hacer nuestro trabajo. Agarraos fuerte.

El transporte volvió a balancearse al intentar Matau forzarlo para que diera la vuelta en un espacio demasiado estrecho. Whenua reconoció enseguida la inexpresividad característica de la voz del Toa del Aire, así como un cierto tono que delataba su convencimiento de estar haciendo lo correcto. Whenua miró hacia arriba y recorrió con la luz de su máscara el techo. Entonces los vio.

—¡Vahki! —gritó apuntando hacia arriba. Un escuadrón de siete Nuurakh, las fuerzas del orden Ta-Metru, se cernían sobre ellos suspendidos justo debajo del techo del túnel. Sus Bastones de Mando estaban desplegados. Uno de ellos ya había alcanzado a Matau con una ráfaga, y lo había dejado inmóvil, sin voluntad propia.

Nuju disparó un chorro de hielo sobre Matau. En un segundo los brazos del Toa del Aire quedaron inmovilizados a ambos lados de su cuerpo. Eso dejó el transporte sin conductor lo que hizo que empezara a girar en rápidos círculos. Nokama corrió, dio una voltereta en el aire y aterrizó al lado de Matau para hacerse con los controles.

Como ya no tenían ninguna razón para ocultarse, los Vahki dispararon ráfagas para aturdirlos. Los Toa contraatacaron, Nuju utilizó sus poderes elementales para crear espejos de hielo que reflejasen los rayos de energía. Vakama lanzó una carga de bolas de fuego para protegerse, después clavó un disco Kanoka de baja potencia en su lanzador y disparó.

El disco alcanzó a uno de los Vahki de frente y activó enseguida su poder de «reconstitución aleatoria». Tal y como esperaba Vakama, su arma alteró los mecanismos del Vahki, obligando al defensor de la ley a un descenso incontrolado bajo las olas.

Onewa apareció con su Máscara de Control Mental pero como las mentes Vahki son mecánicas, no eran vulnerables a la energía de las máscaras.

—Está bien. Lo haremos de la manera difícil —dijo el Toa de la Piedra. Gracias a sus poderes elementales, hizo que unos pinchos salieran del agua y clavasen a tres Vahki en el techo.

—Algo rudimentario pero eficaz —dijo Nuju—. Pero, ¿a que no puedes hacer esto?

El Toa del Hielo disparó su Máscara de Telequinesia y desprendió un fragmento enorme de piedra del techo que cayó sobre un Nuurakh volador lanzándolo en un giro sin control. La criatura mecánica chocó contra un muro y cayó al suelo hecha añicos.

Matau se había liberado ya de sus ataduras de hielo y luchaba con Nokama. Whenua avanzó con dificultad y agarró al Toa del Aire.

—Ve a ver a tus amigos —dijo lanzando a Matau por el aire.

El Toa chocó contra los dos últimos Vahki, pillando a ambos por sorpresa. Nokama maniobró para colocar el transporte debajo de Matau y Whenua no tuvo problemas para recogerle en su caída.

—Eso es. Esto vale por el tiempo en los túneles de mantenimiento cuando pensabas que te dejaría caer —dijo el Toa de la Tierra. Después se volvió hacia los otros Toa y dijo:

—¿Alguien sabe qué hacer con el pequeño Vahki?

Onewa asintió y seguidamente accionó su máscara de poder para introducirse en la mente de

Matau. Como si de un artesano se tratase, sabía perfectamente cuando hacía falta un martillo y cuando era mejor utilizar una herramienta más sutil. Con mucho cuidado aplicó las energías de la máscara para eliminar la influencia de los Vahki.

Matau sacudió la cabeza como si acabara de despertarse de una siesta.

—¿Qué ocurrió? ¿Por qué no nos movemos? Y, um, ¿por qué me lleva Whenua en brazos?

—Le dimos la vuelta a un disco —contestó Onewa— y él perdió.

Una pequeña figura observaba a los Toa navegar con una mezcla de curiosidad y temor en sus ojos. No había visto a estos Toa hasta ahora. ¿Quiénes eran? ¿Por qué estaban aquí?

Su expresión se entristeció porque adivinaba la respuesta a esas preguntas. Su pelea con los Vahki no le había engañado. Estos seis, quienesquiera que fueran, tenían que haber sido enviados por la ciudad de Metru Nui. Y sólo podían haber realizado un viaje tan peligroso por una razón: capturarle. Incluso podía ser que quisieran hacerles daño a sus amigos.

Sí, por supuesto. Después de todo este tiempo, nadie había perdonado ni olvidado. Otra vez estaban buscándole a él y a los demás, y seguirían haciéndolo hasta que se les detuviera.

Simplemente quería estar solo, pensó. *No quería hacerle daño a nadie. Pero no lo entienden. ¡No… no es que no lo entiendan…es que no quieren entenderlo!*

Se dio la vuelta y se deslizó por una grieta estrecha para emprender el largo viaje de vuelta a casa. En su mente se agolpaban oscuros pensamientos a partir de los cuales surgió un complejo plan.

Les haré comprender, juró. *Si tengo que enviarles sus Toa de vuelta, heridos y vencidos, para conseguirlo…entonces lo haré.*

—¿Estás seguro de eso? —preguntó Nuju.

Nokama estaba en la proa del barco, preparándose para zambullirse en el río. Hacía un momento que había llevado aparte a Nuju para anunciarle su intención de adelantarse para reconocer la zona. Ahora el Toa del Hielo la miraba con preocupación.

—Me doy cuenta de que soy la última persona a la que recurrirías para que permaneciéramos todos juntos —dijo Nuju—. Pero aquí nos enfrentamos a peligros completamente nuevos.

—Tienes toda la razón —respondió Nokama. Tras una pausa, añadió:

—*Eres* la última persona a la que se lo sugeriría. ¿Estás seguro de que eres Nuju y no otro Rahi camaleónico?

Nuju no sonrió.

Nokama se encogió de hombros.

—No estaré fuera mucho tiempo. Los otros probablemente ni siquiera lo notarán. Sólo quería que alguien lo supiera, por si acaso...

—Sí —dijo Nuju—. Por si acaso.

Sin decir otra palabra más, Nokama se lanzó al agua y se alejó nadando. Nuju la siguió con la mirada durante un buen rato.

Nokama se zambulló bajo las aguas del turbio río. Aunque carecía del poder de visión nocturna de Whenua, sus ojos estaban acostumbrados a penetrar la oscuridad debajo del agua. Nadaba lentamente, mirando a derecha e izquierda en busca de cualquier signo de peligro.

El río estaba repleto de pequeños peces y de grandes depredadores, pero ninguno de un tamaño que pudiera suponer una amenaza para una Toa. Parecían más asustados de ella que de cualquier otra cosa. Esperaba más de los monstruos que habían aparecido antes, pero hasta ahora esta corriente de agua era tan peligrosa como el acuario de los Archivos.

Salió a la superficie para tomar un poco de aire. Fue entonces cuando notó los relieves en la pared del túnel. La acción de las aguas a lo largo del tiempo las había desgastado hasta el punto de que ya no se podían leer, con lo que no había forma de estar seguro sobre cuándo las hicieron o por qué razón. Y lo que es más, ¿quién las había hecho? ¿Había alguien más de Metru Nui que hubiera conseguido atravesar la Gran Barrera en el pasado? ¿U otros seres vivían en el mundo del otro lado y estos relieves eran obra suya?

Volvió a sumergirse para buscar otros relieves. En su lugar, alcanzó a ver lo que parecía una roca que sobresalía de la pared. Al verlo más de cerca, descubrió que la piedra no sólo sobresalía, sino que formaba parte del muro. Sus aristas estaban pulidas, como si hubieran sido labradas en Po-Metru. Había otra del mismo tipo colocada encima de ella, y otra, y otra.

Sus ojos las siguieron hasta el techo por un lado del muro. Las rocas sujetaban una losa aún mayor, pero si se salían de su sitio...

Alguien lo ha preparado así, pensó. *Sustituyó las piedras en la pared con éstas de forma que se pudiera arrojar la losa sobre cualquiera que pasara por aquí. Pero, ¿por qué? ¿Y quién sabe cuántas trampas parecidas a esta habrá?*

Se dio la vuelta y nadó tan rápido como pudo hacia el *Lhikan*. Tenía que avisar a los otros Toa.

No estamos solos en este lugar.

Nuju permanecía aún esperando a Nokama. De vez en cuando creaba una pequeña lluvia de cristales de hielo y los tiraba al agua. Llevaba fuera demasiado tiempo. Le daría un minuto más y después les diría a los otros que debían salir a buscarla.

El transporte se sacudió, balanceándose violentamente hacia la derecha. Nuju se dio la vuelta y vio a Matau golpeando enfadado el timón y refunfuñando.

—¿Cuál es el problema?

—¡No voy a ir! —gruñó Matau—. Todo marchar, pero no a la velocidad deseada.

—Nokama sabe más de navegación que cualquiera de nosotros —dijo Vakama—. ¿Dónde está?

—Se fue a nadar —respondió Nuju. Antes de que los demás pudieran hacerle más preguntas dijo:

—Me tiraré al agua para ver qué descubro. A lo mejor nos hemos quedado enganchados a algo.

Nuju era tan poco aficionado al agua como Matau u Onewa. Pero prefería nadar en el río a tener que explicar a dónde había ido Nokama y por qué no había informado a los demás. No estaba seguro de los motivos que le habían llevado a respetar sus deseos. Pero se había ganado su aprecio, lo cual no era en absoluto fácil.

Al ponerse debajo de la embarcación descubrió que su diagnóstico había sido el correcto. Algunas de las patas que actuaban como remos estaban enganchadas a una especie de alga. Utilizó una daga de hielo para quitar unas cuantas y su Máscara de Telequinesia para desenganchar las demás, pero siempre aparecían más. Si iba a liberar el barco necesitaría ayuda.

Movió las piernas con fuerza para impulsarse hacia la superficie, pero se dio cuenta de que en lugar de subir descendía. Las algas se habían enroscado alrededor de sus piernas y de su torso y le arrastraban hacia el fondo. Trató de dirigir sus afiladas estrellas de cristal para congelar la vegetación pero sus brazos acabaron enredados en la planta. Antes de que pudiera reaccionar, el alga le arrancó la máscara. Una gran debilidad se apoderó de sus miembros a medida que la Máscara de Poder caía hacia el fondo.

Ahora alcanzaba a ver su destino final con más claridad y su visión le desconcertaba. Sabía que su mente estaba confusa por la ausencia de la máscara, pero hubiera jurado que el alga era una planta. ¿Desde cuándo tenía enormes mandíbulas llenas de dientes afilados como cuchillos abriéndose para devorar a un Toa?

En este momento, se dijo, *y débil como estoy, no hay forma de que pueda detenerla.*

3

Vakama contemplaba el agua con ojos preocupados. Nuju llevaba demasiado tiempo ahí abajo y Nokama no había regresado aún. Si había algo esperando en el fondo, sumergirse para rescatar al Toa del Hielo podía suponer la desaparición de otro Toa. Pero la alternativa de permanecer allí sin hacer nada era algo a lo que Vakama se resistía. Conocía demasiado bien las consecuencias de cruzarse de brazos ante el peligro.

El Toa del Fuego había decidido lanzarse al agua cuando la nave súbitamente avanzó a gran velocidad. Su primera reacción fue de alivio. Sin duda alguna, Nuju había tenido éxito y pronto emergería sobre las olas. Este sentimiento se desvaneció al darse cuenta de que la embarcación iba demasiado deprisa.

—¡Matau! ¡No tan rápido! —exclamó.

El Toa del Aire sacudió la cabeza presa de la desesperación.

—¡No puedo! ¡No es el transporte el que ir tan deprisa, es la corriente!

Una simple mirada hacia atrás le sirvió para confirmar lo que Matau acababa de decir. La protodermis líquida que fluía por el canal se había convertido en un violento torrente que empujaba el transporte. Onewa y Whenua se agarraban con todas sus fuerzas para soportar las embestidas de la embarcación contra las paredes. Vakama se esforzaba en mantener el equilibrio mientras se abría paso hacia el puente de mando.

—¡Utiliza tu poder! —le gritó a Matau—. Intenta frenarnos.

Matau se colocó de un salto en la proa de la nave y empleó todas sus energías Toa para conseguir que una tormenta acudiera en su auxilio. Ráfagas de un viento huracanado ululaban en el reducido espacio del túnel luchando por conseguir que el barco retrocediera a pesar de que la corriente le empujara violentamente hacia delante. Finalmente el transporte se detuvo, atrapado entre las dos poderosas fuerzas.

Se trataba de una situación que no podía durar mucho tiempo. Vakama apenas podía distinguir lo que Onewa le gritaba en medio del sonido atronador del viento y de las olas al chocar. Se volvió y descubrió que las juntas de la nave cedían y que el casco exterior se estaba fragmentando. De seguir así dentro de poco quedaría muy poco de la embarcación.

Pero no, afortunadamente no fue así. Matau terminó agotado por el esfuerzo que le había supuesto la tormenta. El viento amainó y la nave comenzó a desplazarse de nuevo por el túnel. Vakama saltó a la proa y se hizo cargo del timón.

—¡Onewa, sujeta a Matau! —ordenó—. Whenua, te necesito para…

El Toa de la Tierra no estaba escuchando. El archivero que había dentro de él contemplaba extasiado el río que empujaba el barco como si de un simple juguete se tratara.

—Es increíble —murmuró—. Este mundo no deja nunca de admirarme.

Vakama le dedicó una mirada poco entusiasta.

—Eso es lo que tú piensas —le espetó el Toa del Fuego—. ¡Si no hacemos nada se detendrá en unos tres segundos!

Whenua se dio la vuelta. Delante del transporte se alzaba un remolino enorme, lo suficientemente grande como para engullir la embarcación y a todos sus ocupantes. El *Lhikan* iba directo a su destrucción.

Nokama estaba a punto de llegar al transporte cuando la corriente la golpeó. Al ser originaria de Ga-Metru, sabía lo que era enfrentarse a resacas repentinas e inesperadas crecidas. Antes de que pudiera arrastrarla demasiado lejos, hundió sus hidrocuchillas en las paredes rocosas para frenar su avance. Estaba a salvo, pero no podía hacer nada para parar al *Lhikan* que pasó a toda velocidad delante de ella.

La Toa del Agua no estaba dispuesta a dejarse vencer. Concentró sus energías elementales en el río, en un intento de provocar que la corriente se invirtiera o al menos aminorase la marcha lo suficiente como para poner a los demás a salvo. Pero la corriente era muy fuerte y el transporte estaba ya demasiado lejos de ella como para hacerlo retroceder.

Esto es como intentar vaciar el mar de plata con un tubo de ensayo, pensó. *Debería ser capaz de dominar cualquier tipo de marea natural…pero, ¿y si ésta no lo es? ¿Y si los seres que pusieron las trampas son también sus causantes?*

Sus pensamientos se vieron interrumpidos por un fogonazo de color blanco procedente de la derecha, al cual siguió una ola de frío glacial que le hizo sentir escalofríos por todo el cuerpo. Por sí solos no hubieran significado nada, pero juntos hicieron que sus instintos le hicieran gritaran: ¡*Nuju!*

La corriente era demasiado fuerte como para nadar en su contra. Nokama desprendió una de sus hidrocuchillas y volvió a hundirla en la pared, después hizo lo mismo con la otra. Esto significaba avanzar a un ritmo tremendamente lento. En un momento dado, su mano se resbaló de su herramienta Toa y la corriente la lanzó contra el muro. Luchó por mantener la conciencia y se aferró a la otra cuchilla. Si la soltaba la corriente la arrastraría.

Un objeto blanco se aproximaba a toda velocidad hacia ella seguido a corta distancia por otro. No podía decir de qué se trataba. Extendió un brazo a medida que el primero se acercaba y lo agarró. ¡Era la Máscara de Poder de Nuju!

El enorme objeto casi la había alcanzado. Como tenía las manos ocupadas, colocó el cuerpo de tal forma que formara un ángulo de 90 grados con respecto a la pared e intentó atrapar a Nuju con las piernas. Pero al ir tan rápido provocó que perdiera el equilibrio y los dos Toa chocaron con la pared. Nokama puso un gesto de dolor. Tenía el brazo derecho dislocado. Tuvo que emplear todas las fuerzas que le quedaban para evitar soltarse y condenar a ambos al desastre.

Desprovisto de su máscara, Nuju era un peso muerto. Nokama se esforzó por volver a colocarle la Kanohi al Toa del Hielo. Los ojos de Nuju brillaron con más intensidad e inmediatamente se hizo cargo de la situación. Agarró una de las hidrocuchillas y empleó su poder para crear una coraza de hielo alrededor de los dos.

—No durará mucho tiempo —dijo Nuju. Tosió y al hacerlo escupió parte del agua que había tragado.

Nokama hizo un gesto señalando las algas alrededor del brazo de Nuju.

—¿Qué es eso?

—A una de las criaturas del río le apetecía algo frío para comer —respondió—. La corriente le hizo cambiar de idea. ¿Dónde están los demás?

Nokama movió la cabeza.

—Nuju…se han ido. Vi pasar el transporte pero no pude…

Nuju la rodeó con su brazo.

—No temas, Nokama. Les encontraremos. *Si es que todavía existen* —añadió para sí.

—Ya he tenido suficiente —dijo Onewa—. Hemos sido perseguidos como criminales, nos han dado caza y apresado, hemos visto a nuestros amigos atrapados por Makuta y nuestra ciudad dañada sin remedio. Y ahora estamos a punto de perder nuestras vidas y las vidas de los seis Matoran que pudimos salvar.

Se volvió hacia Whenua.

—Ya es hora de que termine. Y lo vas a parar tú.

Los ojos de Whenua seguían clavados en el remolino. A pesar de los esfuerzos de Vakama en el puente de mando, el transporte iba directo a él.

—¿Qué quieres decir?

—Simplemente escucha —dijo Onewa—. Tengo un plan.

Vakama había renunciado a pensar que sería capaz de esquivar el remolino. Ahora estaba intentando adivinar cuál sería la mejor manera de resistirlo para minimizar los daños en el transporte y en las esferas Matoran. Aunque la nave fuera destruida, quizá todavía podrían salvar, si no todas, sí la mayoría de las esferas antes de que se echaran a perder.

Pero de repente vio algo que emergía del agua. Antes de que su mente fuera capaz de registrar lo que era, el transporte había golpeado el objeto y estaba volando por el aire. El remolino pasó por debajo y entonces el transporte se sumergió, perdiendo velocidad. Lo primero que entró en el río fue la proa y el agua inundó la cubierta. La embarcación estuvo a punto de volcar antes de enderezarse y volver a la superficie.

—En el nombre de Mata Nui, ¿qué ha pasado? —exclamó Vakama. Estaba demasiado sorprendido como para notar que la corriente se había calmado y que el bote ya no avanzaba a toda velocidad.

—Lo hice —respondió Whenua, con una amplia sonrisa.

—Lo hicimos —le corrigió Onewa.

—Un poco de poder Toa y una rampa de tierra construida en un instante y allá vamos —dijo Whenua.

—Fue idea mía, por supuesto —añadió Onewa—. La parte difícil fue explicarle el plan a tiempo para que funcionara. Así… —acarició suavemente con una mano la Gran Máscara de Control Mental que llevaba.

—Utilizaste la máscara —dijo Vakama, incrédulo—. Estabas dirigiendo sus actos.

—Su poder Toa. Mi mente —respondió Onewa—. Una combinación invencible. A propósito Whenua, tu cerebro está igual de atestado que tus Archivos. ¿Cómo te las arreglas para pensar?

—No lo sé —rió Whenua—. Supongo que estoy acostumbrado a pensar en más de una cosa a la vez, curiosillo. Deberías intentarlo.

—Por ahora estamos a salvo —dijo Vakama, aunque no sonaba realmente como si creyera en sus propias palabras—. Tenemos que regresar para rescatar a Nokama y a Nuju.

Onewa miró hacia atrás y movió la cabeza.

—No. ¡Mira!

En la distancia se distinguía a Nokama encabezando la marcha utilizando sus hidrocuchillas para impulsarse. Por encima de ella, Nuju viajaba vía un puente de hielo creado con su poder Toa. Ambos parecían exhaustos, pero ilesos. Alcanzaron el *Lhikan* al mismo tiempo. Matau los miró con cara de pocos amigos, mientras Nuju ayudaba a Nokama a subir a cubierta.

—Es bueno volver a veros —dijo Vakama—. ¿Pero cómo lograsteis esquivar el remolino?

Nokama miró al Toa de Fuego como si hubiera perdido el juicio.

—¿Qué remolino?

Vakama se dirigió a la popa de la embarcación. Las aguas estaban completamente en calma. No había señales de ningún remolino. Pero había ocurrido de verdad al igual que el torrente de agua y de hecho así lo probaba el daño a la embarcación.

Se agachó y miró al agua. La corriente había comenzado a ir más despacio y el remolino se había desvanecido justo momentos antes de que el *Lhikan* hubiera estado cerca de su final.

Casi como si alguien los estuviera controlando. Alguien que no estaba lo suficientemente cerca como para ver lo que pasaba, pensó. *Una vez que pensaron que el remolino nos había engullido, no había razón para continuar.*

Se dio la vuelta para mirar a los demás.

—Alguien se ha esforzado mucho para matarnos. Ahora piensa que estamos todos muertos.

Whenua y Matau parecían sorprendidos. Onewa se encogió de hombros, era ya incapaz de sorprenderse por lo que le pasara a los Toa Metru. Nokama y Nuju asintieron expresando que estaban de acuerdo.

—Entonces, ¿qué vamos a hacer, escupefuego? —preguntó el Toa de la Piedra.

—Es fácil —respondió Vakama, poniéndose de pie—. Nos moriremos.

El *Lhikan* avanzaba sin dirección por el río. Nadie se sentaba a los controles para mantenerlo en su rumbo, ni había nadie atento a los posibles peligros. De hecho no había ningún signo de vida en ninguna parte de la nave.

Para cualquiera que la observase, hubiera parecido que se había producido una gran pelea abordo. Una de las aerocuchillas de Matau estaba incrustada en el puente de mando. Otras partes de la nave habían sido dañadas por ráfagas de fuego y de hielo. La historia de lo ocurrido estaba allí para cualquiera que quisiera leerla: una gran fuerza había logrado aplastar a los Toa Metru y los había arrastrado sin duda a su final.

Pero si los ojos de ese observador hubieran sido capaces de ver a través de las sólidas paredes del transporte, le hubiera parecido algo bien distinto.

Seis Toa Metru se acurrucaban dentro de la redu-
cida bodega, escuchando atentamente los sonidos
del exterior.

—¿Oyes algo? —le susurró Nokama a Vakama.

El Toa de Fuego negó con la cabeza decepcio-
nado. Estaba seguro de que si parecía que él y los
demás habían sucumbido al remolino, su miste-
rioso enemigo se revelaría. Por supuesto que para
eso había que partir de la base de que éste tenía
algún interés en el barco además de la necesidad
de confirmar su muerte. Si ese no era el caso, podía
dejar el *Lhikan* a la deriva.

Onewa estaba diciendo algo pero las palabras
sonaban como si vinieran de muy lejos. La mente
de Vakama estaba sumergida en otra de sus visiones, breves imágenes del futuro... o ¿eran del
pasado?

Monstruosos Rahi, antiguos ya cuando Metru Nui
todavía era joven... venidos desde las aguas de su
hogar... las mandíbulas completamente abiertas...
los tentáculos alargándose más y más...

La nave giró, después se sacudió violentamente
de lado a lado, despertando a Vakama. Se daba
cuenta de que habían dejado de avanzar. ¡Descen-
dían!

Onewa se puso de pie de un salto e intentó abrir la escotilla provisional, pero estaba atascada. Todos podían sentir el cambio en la presión de la nave a medida que el transporte se hundía. Nokama utilizó su poder para invocar una ola submarina que los llevara de vuelta a la superficie, pero la fuerza que les arrastraba hacia abajo era demasiado poderosa.

Apareció una grieta en el casco al lado de Nuju. El agua del río empezó a entrar lentamente dentro. En poco tiempo se habían formado nuevas goteras en otras partes de la bodega. El líquido ya les llegaba a los Toa por los tobillos y seguía subiendo.

—Vakama, abre un agujero en el casco —dijo Nokama—. Tenemos que salir de aquí.

—Si hago eso, el *Lhikan* está perdido —respondió Vakama— al igual que las seis esferas Matoran. ¡Tiene que haber otra solución!

El transporte se tambaleó violentamente a medida que golpeaba el fondo de la vía fluvial. Los Toa Metru hacían lo que podían para lograr agarrarse a algo y evitar darse golpes con las paredes de la bodega. El casco de la nave crujió por el aumento de la presión del agua que amenazaba con hacerlo ceder.

—No mires ahora, Toa del Fuego —dijo Onewa—. Pero creo que no tenemos más opción.

La bestia octópoda que tenía atrapado al *Lhikan* examinaba cuidadosamente su presa. Este ser extraño no pertenecía a aquel lugar, así que había que detenerlo. Pero ahora que el Rahi tenía el extraño objeto no estaba seguro de qué hacer a continuación. No parecía vivo ni respiraba, no era comida, ni siquiera le había dado la oportunidad de perseguirla.

El oscuro cerebro del Rahi se dio cuenta de que esta presa no tenía ninguna utilidad para él. Sin embargo, si le dejaba escapar podía convertirse en un obstáculo en el futuro. Era mejor evitarlo destruyéndole ahora.

Los tentáculos de la criatura comenzaron a estrujar al *Lhikan* con suficiente fuerza como para reducirlo a pedazos…

4

Mavrah entró en la espaciosa caverna con un sentimiento que era una mezcla de satisfacción y de tristeza. Si le hubieran dado la oportunidad de elegir, hubiera preferido asustar sólo a los intrusos en lugar de hacerles daño. Pero conocía demasiado bien a los Toa como para saber que nunca se rendían, ni siquiera ante una fuerza superior. Era por todos sabido que el Toa Lhikan nunca se había acobardado ante el peligro. ¿Acaso no resultaba raro no verle entre estos desconocidos?

Aún así, era positivo comprobar que su inventiva no le había abandonado después de todos estos años. El remolino había funcionado a la perfección. Claro que no había esperado a ver cómo la embarcación de los intrusos quedaba destrozada; eso no le hubiera aportado ninguna satisfacción.

Por un momento, Mavrah estuvo absorto en sus recuerdos. Recordaba los largos días pasados en los Archivos, hablando con Nuparu sobre sus ideas para nuevos inventos. Nuparu estaba decidido a perfeccionar algún día un nuevo modo de transporte que reemplazase los túneles, aunque sólo fuera por bajarle los humos a Le-Matoran.

Por su parte, Mavrah simplemente quería entender mejor a los Rahi. Le frustraba que tantas criaturas de esta clase tuvieran que mantenerse dormidas en los Archivos, donde se podía aprender muy poco de ellas. ¿Cómo podía un investigador estudiar los patrones de comportamiento de criaturas que estaban siempre dormidas? A veces había fantaseado con la idea de abrir los tubos de estancamiento sólo para ver a uno de esos magníficos Rahi moverse de nuevo.

Mavrah dio un salto al ver cómo una gran criatura con forma de serpiente bajaba reptando por una estalactita, dirigiéndose a gran velocidad hacia él. El Rahi estaba en su camino hacia el agua, un viaje que duraría un tiempo, ya que la bestia medía unos doce metros de largo de la cabeza a la cola.

—No debo asustarme —dijo Mavrah en voz baja—. He debido pensar que se trataba de otro Toa que había venido para llevarnos a todos de vuelta.

El Onu-Matoran se volvió cuando dos bestias mecanizadas entraron a través de sendos pasillos laterales. No se percataron de su presencia y tomaron posiciones a ambos lados de la serpiente. Querían asegurarse de que llegaba al agua sin dificultades y sin ser vista por los intrusos. Detrás de estos Toa podían llegar aún más.

Mavrah atravesó la caverna y se quedó de pie al borde del inmenso estanque. Bajo su plácida superficie vivían innumerables criaturas, restos de un tiempo anterior a Metru Nui. Por muy poderosos, impredecibles y peligrosos que pudieran ser, continuaban siendo los únicos amigos de Mavrah en este desolado lugar. Y nadie, *nadie*, los apartaría de él.

Uno de esos "amigos" estaba ocupado ahora intentando abrir el *Lhikan*. El Rahi octópodo había descubierto que el transporte Vahki era un objetivo más difícil de lo que imaginaba, pero el casco cedería en cuestión de segundos.

De repente, el transporte empezó a ponerse rojo. Una intensa descarga de calor abrasador obligó al Rahi a dejarlo escapar, permitiendo que la nave regresara a la superficie.

Lentamente, el brillo se apagó. Unos pocos momentos más tarde, la escotilla se abrió y los Toa Metru aparecieron en la cubierta. Vakama se tambaleó y estuvo a punto de caerse antes de que Nokama le sujetara.

—Tómatelo con calma —le dijo.

—Ha sido la maniobra más dura de toda mi vida —dijo Vakama—. Tanto calor sin llamas… pero ha funcionado.

—Me pregunto qué ser lo que tan fuerte nos arrastró —inquirió Matau—. ¿Y dónde está ahora?

Un tentáculo enorme surgió del agua, rodeando a Matau y tirándolo del transporte.

—¿Cuándo aprender yo a no hacer preguntas estúpidas? —gritó el Toa del Aire, justo antes de desaparecer bajo las olas.

Sin esperar más, los Toa Metru se lanzaron todos a la vez al agua tras él. Un golpe de tentáculos envió a Nuju volando por encima del agua. Un segundo tentáculo agarró a Vakama. Nokama se volvió para rescatar al Toa del Fuego, pero éste le indicó que se alejara.

Enseguida vio por qué o casi, porque en realidad veía poco. Tras liberar el poder de la Máscara de la Ocultación, Vakama desapareció de su vista. El Rahi estaba sorprendido. Podía sentir algo en su tentáculo, pero no veía nada. Por fin este quedó lo suficientemente suelto como para que Vakama pudiera liberarse y reaparecer junto a Onewa.

Matau lo estaba pasando mal. No había podido tomar ni siquiera una bocanada de aire antes de ser arrastrado hacia abajo y se ahogaba. Además, para colmo de males, el Rahi se escapaba nadando con su presa. Onewa miró a Whenua que asintió con la cabeza. Entonces ambos pusieron sus poderes elementales en acción y crearon unas manos de tierra y de piedra que ascendían desde el fondo para atrapar a la criatura.

Nuju se lanzó hacia delante, utilizando a la vez sus energías elementales y las de su máscara. Haces de hielo y de piedra lanzados telequinéticamente golpearon a la bestia que, asustada, dejó escapar a Matau. Nokama le agarró y rápidamente lo llevó a la superficie.

Onewa y Whenua soltaron al atemorizado Rahi que escapó nadando. Vakama hizo un gesto a los Toa para que se dieran prisa en volver al transporte.

Estaban todavía subiendo abordo cuando el Toa de Fuego gritó:

—¡Matau! ¡Necesitamos marcharnos inmediatamente!

Nokama y Matau le miraron sorprendidos. Pero el Toa de Aire sabía que éste no era momento de discutir. Saltó al puente de mando y puso la nave en marcha.

—Vamos a por la bestia —le dijo Nuju a Vakama. No se trataba de una pregunta.

—Sí, vamos —respondió el Toa de Fuego—. Ha llegado la hora de que nos comportemos como cazadores.

Desde un lugar cercano pero escondido, seis pares de receptores de audio grabaron las palabras de Vakama. Seis pares de sensores estudiaron a los Toa Metru, sus puntos débiles y fuertes así como la situación en la que se hallaban. Complejos mecanismos de relojería comenzaron a analizar, evaluar y planear el momento ideal para atacar.

Uno de los seis seres se dio la vuelta y puso rumbo a su hogar. En cualquier conflicto, la derrota era la solución. La lógica dictaba que la información obtenida debía ser confiada a los demás para su uso futuro en caso de necesidad. Esta unidad regresaría a Mavrah para hacer justo eso, mientras que los demás perseguían y atrapaban a los intrusos.

De haber tenido estos seres músculos, se les habrían puesto en tensión a causa de la anticipación del conflicto que se avecinaba. Si hubieran tenido sangre en las venas, hubiera circulado a toda velocidad animada por la idea de la batalla después de tantos años de inactividad. Pero en su lugar, sólo podían observar a los Toa calculadoramente. No habría ira ni odio en su ataque, simplemente pura y concienzuda destrucción total.

Nuju estaba en la proa del barco. La lente telescópica de su Máscara de Poder estaba enfocada hacia la estela de la bestia octópoda. Nokama estaba junto a él, preparado para continuar la persecución bajo el agua si la bestia decidía sumergirse.

Cerca del puente de mando, Vakama y Onewa pensaban en la estrategia a seguir. A pesar de sus desacuerdos, los dos Toa habían desarrollado un respeto tácito entre ellos. Aunque Vakama todavía tenía sus momentos de duda y Onewa hablaba demasiado, continuaban siendo los mejores estrategas de los Toa. Whenua había sido invitado a unirse a su consejo, pero se había disculpado porque prefería mantenerse al margen.

Todos los Toa se volvieron al oír el grito de Nuju. El río se había ensanchado en una amplia vía de agua, más ancha incluso que los Campos de Escultura de Po-Metru. El Rahi que estaban persiguiendo se habían desvanecido en sus profundidades, pero nadie se había dado cuenta. Sus ojos estaban puestos en las docenas de monstruos que surcaban la superficie del agua y gritaban con furia al *Lhikan*.

Nokama había vivido junto al mar de plata toda su vida. Gracias a sus expediciones submarinas y sus visitas a los Archivos había visto todo tipo de criaturas acuáticas imaginables o al menos eso creía. Pero jamás había encontrado nada semejante. Ante sus sorprendidos ojos, salían del agua serpientes casi tan largas como las del Coliseo. Extrañas criaturas que parecían gigantescas babosas marinas se deslizaban por la rocosa costa. Peces de gran tamaño saltaban por encima del agua trazando en el aire mágicos destellos de luz con sus afiladas aletas.

La vista de tantos Rahi desconocidos hasta entonces era en cierto modo bellísima, pero también resultaba de una belleza salvaje. A la derecha, una criatura reptil salió del agua con un Tarakava que intentaba escapar de sus fauces. A la izquierda, un Rahi muy parecido al que el Lhikan había perseguido luchaba desesperado para liberarse de las tenazas de dos criaturas monstruosas parecidas a cangrejos.

—Esto es… sorprendente —dijo Nokama en voz baja.

—Es una locura —respondió Nuju.

—Los dos estáis equivocados —dijo Whenua—. Esto… esto es un desastre.

Vakama negó con la cabeza.

—No. No tenemos ningún lugar al que regresar, sólo una ciudad muerta y oscura, llena de Matoran durmientes que dependen de nosotros para encontrarles un paraíso. Si eso significa cruzar estas aguas, entonces eso es lo que haremos.

—Odio decirlo, escupefuego, pero creo que tienes razón —dijo Onewa.

—¿Por qué odias decirlo?

—Va en contra de mi imagen —contestó el Toa de Piedra.

Mavrah observaba cómo se acercaba el Kralhi mecanizado. Sabía que no habría regresado solo a menos que tuviera noticias, sobre todo si eran malas.

Como era un Matoran, le resultaba difícil ver una criatura mecánica sin sentir un poco de miedo. Antes de que las fuerzas del orden Vahki hubieran sido activadas en Metru Nui, la responsabilidad del mantenimiento de la ley recaía en los Kralhi. Estaban bien equipados para la tarea. Sus colas en forma de aguijón eran capaces de proyectar una burbuja de fuerza alrededor de su objetivo. Una vez dentro, éste perdía toda su energía, la cual entraba a formar parte del Kralhi. Esto dejaba a cualquier cosa que el Kralhi capturase demasiado débil como para poder seguir siendo un problema.

Y eso era precisamente, como se vio, la cuestión. La idea era conseguir que los alborotadores Matoran o aquellos que habían dejado de hacer su trabajo volvieran a él lo antes posible. Los Kralhi les dejaron tan débiles y mareados que pasaron varios días sin poder trabajar. Finalmente se tomó la decisión de desconectarlos y reemplazarlos.

Pero se comprobó que no era lo mismo decirlo que hacerlo. Hasta este día nadie estaba seguro de hasta qué punto los Kralhi tenían conciencia de sí mismos, pero estaba claro que se resistían a ser desconectados y desarmados. Los Matoran tuvieron éxito con algunos de ellos, pero la mayoría se opusieron con violencia. Con la ayuda del recientemente construido Vahki, los Matoran alcanzaron la victoria, si es que se la puede llamar así, empujando a los Kralhi fuera de la ciudad. Nadie sabía o se preocupaba por saber dónde estaban siempre y cuando hubieran desaparecido.

Mavrah se había quedado aterrorizado el día en que se topó con ellos porque estaba seguro de que le atacarían y obligarían a regresar a la ciudad. Pero los Kralhi no habían hecho ningún movimiento intimidatorio. Con el tiempo, Mavrah se dio cuenta de que su propósito principal, servir y proteger a los Matoran, prevalecía. Siempre y cuando no hiciera nada para hacerles daño y apagarlos, estaban completamente dispuestos a aceptarle y servirle.

El Kralhi se detuvo delante de él. Para hablar utilizó la voz de uno de los Toa:

—Ha llegado la hora de que nos comportemos como cazadores.

La máquina esperó una respuesta.

Mavrah dudó. Había intentado destruir a estos Toa y estaba seguro de triunfar. Si todavía vivían debía de ser voluntad de Mata Nui que así fuera. Mavrah se preguntó si sería una señal. Quizá si le explicaba a los Toa por qué tenía que quedarse lo entenderían. Entonces podrían regresar a Metru Nui e informar a Turaga Dume para que diera por finalizada la búsqueda.

—Vuelve aquí —ordenó Mavrah al Kralhi—. Captura a los seis Toa y tráelos con vida.

El Kralhi se quedó mirando, como si no hubiera entendido nada de lo que se le decía. Mavrah sabía que la criatura podía llegar a ser bastante terca y obstinada.

—Vivos —repitió con firmeza—. Sin un rasguño. Es una orden. Ahora vete.

El Kralhi se dio la vuelta y salió. Mavrah pensó que detectaba algo en la manera que tenía de moverse, pero apartó la idea de la cabeza. *Un Kralhi no es más que una máquina,* se recordó a sí mismo. *No puede sentirse frustrada… ¿verdad?*

Por desgracia no todos compartían el recientemente encontrado sentimiento de Mavrah por salvaguardar la seguridad de los Toa. El *Lhikan* había conseguido recorrer prácticamente la mitad del lago antes de atraer la atención de la vida salvaje local. Ahora las bestias competían por ver quién conseguiría devorar la nave y a sus ocupantes primero.

Los Toa contaban con un nuevo aliado, una ballena enorme provista de tentáculos que intentaba interceptarles. La Máscara de Control Mental de Onewa había actuado sobre los Rahi antes y esta criatura tenía mente suficiente como para poder manipularla. Lamentablemente significaba que el Toa de Piedra no podía hacer nada más para ayudar a defender la nave, pero los demás hicieron cuanto pudieron para compensarlo.

Una serpiente con cuernos se colocó alrededor del casco de la embarcación. Su cabeza aparecía por un lado de la cubierta, silbaba amenazante a Nuju y le enseñaba sus feroces colmillos. El Toa de Hielo murmuró:

—No, no lo creo —y disparó dos gélidas ráfagas idénticas con sus lanzahielos. Congelada por completo, la serpiente fue hundiéndose hacia el fondo como una piedra.

Por el otro lado de la nave había bancos enteros de peces saliendo del agua y lanzándose contra el *Lhikan*. Matau llevaba un rato utilizando su poder elemental de viento para librarse de ellos, hasta que de repente se le vino una idea a la cabeza. Usando el poder de su Máscara de Ilusión, se transformó en una bestia gigantesca parecida a un tiburón con tres grupos de mandíbulas. Asustados, los bancos de peces se sumergieron bajo el agua, con la excepción de un pez que aterrizó sobre la cubierta.

Matau se quedó mirándolo. Nunca había sido muy amante de la vida marina y éste era un espécimen especialmente feo. *Tener la misma sonrisa feliz que Makuta,* pensó. *Justo lo que el mundo necesita, un pez Makuta.*

Vakama intentaba cubrir todos los frentes. Las criaturas marinas, independientemente de lo grandes que fueran odiaban el fuego y él había sido capaz de expulsar alguno de los especímenes más monstruosos. Aquellos a los que no podía detener eran golpeados por las olas o arrastrados hacia el fondo marino gracias a los poderes de Nokama y Whenua. Parecía que los Toa lo iban a conseguir, aunque Vakama se preguntaba si serían capaces de continuar su viaje de esta forma con todos los Matoran durmiendo en la bodega.

Una ola enorme inundó la nave y estuvo a punto de arrojar a Vakama al lago. Una vez que hubo amainado, todos los Toa pudieron sentir que algo iba mal. La nave continuaba a flote, pero se estaba escorando demasiado hacia un lado.

—Una de las esferas —dijo Nokama—. ¡Deben haberse llevado una esfera! Debo sumergirme y…

—¡No!

Nuju la agarró para impedir que se lanzara al agua.

—Una vez te dejé marchar, esta vez no lo haré. No durarías ni un segundo en medio de esas criaturas, y lo sabes. Si se ha perdido una de las esferas, la recuperaremos…

—¿Cuándo? —le preguntó Nokama—. ¿Antes o después de que algún monstruo se la haya cenado?

—Sé como te sientes —dijo Whenua, mientras provocaba que trozos del suelo marino golpearan a los Rahi que se aproximaban—. Créeme, pero ya casi hemos cruzado el lago. Una vez que estemos de vuelta en el túnel, las criaturas sólo podrán acercársenos de una en una. Uno de los Toa puede retenerlos mientras el resto de nosotros…

—¡Sería demasiado tarde! —dijo Nokama, liberándose del abrazo de Nuju. Corrió hacia el borde de la cubierta.

Vakama la vio y no perdió un instante. Lanzó un muro de llamas alrededor del transporte para lograr evitar que los Rahi se acercaran y que Nokama se marchara. Ella se volvió hacia él furiosa.

—Vakama, ¿por qué?

—Puede que hayamos perdido a un amigo —dijo el Toa de Fuego—. No me quedaré de brazos cruzados viendo como perdemos otro.

Antes de que Nokama pudiera responder, algo la hizo flotar por el aire. Vakama miró a Nuju pensando que era a causa de la Máscara de Telequinesia, pero el Toa de Hielo estaba tan sorprendido como el resto. Entonces fue cuando Matau se percató de la burbuja de energía alrededor de Nokama. Intentó ver a través de las llamas, y finalmente descubrió lo que se temía aunque ya sabía que tenían que estar allí.

—¡Kralhi! —gritó—. ¡Tienen a Nokama!

—Whenua, tú y Onewa mantened a los Rahi a raya —ordenó Vakama—. ¡Nuju, Matau y yo salvaremos a Nokama!

Pero Matau había desaparecido ya, metido dentro de una burbuja Kralhi y esfumándose como por arte de magia. Nuju creó una barrera de hielo para intentar impedir el avance de la burbuja, pero una roca que los Kralhi arrojaron la dañó seriamente. Cuando la prisión de Matau la alcanzó, la pared se desmoronó en el agua.

Ahora el Kralhi atacó con todas sus fuerzas, cogiendo a los Toa desprevenidos con un aluvión de piedras y burbujas de energía. Onewa fue el siguiente en ser capturado. El Rahi que había conseguido dominar antes se sumergió bajo el agua y desapareció.

Los Toa lucharon valientemente, pero con dos frentes abiertos y extenuados por el esfuerzo, no pudieron resistir. Nuju tenía una estupenda ráfaga de hielo preparada para un Rahi cuando otro de ellos embistió contra el transporte y le hizo caer. Al instante estaba dentro de una burbuja Kralhi y podía sentir cómo se escapaba su energía.

Vakama y Whenua aguantaron un poco más, pero finalmente también se rindieron a los Kralhi. Vakama dio un alarido mezcla de enojo y de frustración al ver que el transporte abandonado se perdía en el túnel con su preciosa mercancía.

Entonces el hambre de energía de los Kralhi fue evidente. La mente de Vakama se adentró más y más en la oscuridad a medida que la más profunda pérdida de conciencia los arrastraba a todos.

5

Nuju no pensó que fuera a despertar. Si volvía a ver la luz de nuevo, asumía que sería desde dentro de una celda, o por lo menos con los Toa encadenados. Pero la realidad resultó ser muy diferente.

Lo primero que vio cuando se abrieron sus ojos fue el cielo de una gran caverna. Hacía calor, como si la protodermis líquida fluyese bajo tierra para proporcionar calor de la misma manera que lo hacía en los hogares de Metru Nui. Miró a su alrededor, intentando no mover la cabeza para no revelar que estaba despierto. Podía ver al resto de los Toa, algunos empezaban a moverse y otros todavía estaban inconscientes. Todos yacían sobre una confortable cama de algas secas.

Hubiera pensado que se trataba de un mal sueño si no fuera por la presencia de tres Kralhi, que obviamente hacían guardia. Al darse cuenta de que no era posible engañarles, se incorporó.

Sus partes mecánicas estaban intactas, pero le dolían sus componentes biológicos. Le llevaría algún tiempo recuperarse del robo de energía de los Kralhi.

El resto de los Toa estaban ya completamente despiertos. Vakama comenzó a ponerse de pie, pero en cuanto lo hizo, uno de los Kralhi se adelantó. En cuanto el Toa del Fuego volvió a tomar asiento, el guardián regresó a su posición inicial.

—Imagino que no saldremos a dar paseos —dijo Onewa—. Kralhi. No esperaba volver a ver esos montones de basura de nuevo.

—Yo digo que en cuanto hayamos recuperado las fuerzas, escapemos hacia el agua e intentemos encontrar el transporte —dijo Nokama—. No me gustaban esas cosas cuando patrullaban Metru Nui y ahora me gustan mucho menos.

Vakama miraba a su alrededor. Los Rahi anfibios y de un tamaño enorme se arrastraban y deslizaban por la cueva, pero todos ellos permanecían a una buena distancia de los Kralhi. No tenía sentido. ¿Por qué estas criaturas temían y obedecían a los seres mecánicos y sobre todo por qué los Kralhi querrían controlar a los Rahi? ¿Qué hacían aquí?

Whenua divisó una pequeña figura que venía hacia él desde el otro extremo de la cueva. A su lado caminaba un Rahi de mediano tamaño que parecía un cruce entre un lagarto y un Kavinika, criaturas de Po-Metru parecidas a los lobos. El Toa de la Tierra prestaba poca atención a la bestia ya que sus ojos estaban demasiado centrados en el demasiado familiar Matoran que se acercaba.

—No debes dejar que mis amigos te inquieten —dijo Mavrah al llegar cerca de él—. Están aquí para asegurar que seguís siendo… razonables.

—Nosotros siempre somos razonables —le contestó enojado Onewa—. De hecho, puedo pensar en un montón de razones para convertirte en un jardín de roca.

Nokama hizo un gesto para que Onewa se quedara callado y preguntó:

—¿Quién eres tú? ¿Por qué nos has traído hasta aquí? Tienes que dejarnos marchar. ¡Nuestra misión es vital!

Mavrah dejó escapar una risita.

—¿Quién soy? Como si no lo supieras. Estoy al corriente de vuestra misión, Toa, si eso es lo que sois realmente. Por eso os traje hasta aquí.

Onewa puso a funcionar los poderes de su Máscara de Control Mental hasta apoderarse de los pensamientos de Mavrah. El Matoran se quedó como rígido y a continuación dijo exactamente lo que Onewa deseaba:

—De nuevo tenéis razón. Os dejaré libres. Los Kralhi os escoltarán hasta la salida.

El Rahi que estaba junto a Mavrah comenzó a chillar tan fuerte que Onewa pensó que su máscara se rompería. Los Kralhi respondieron lanzando discos de debilidad contra los Toa. El poder del disco fue suficiente como para acabar con la concentración de Onewa y liberar la mente de Mavrah.

El Matoran movió la cabeza como si se estuviera despertando de un mal sueño.

—Tú… no vuelvas a hacerlo. Mi mascota es un Rahi la mar de especial, ¿sabes? Es capaz de notar la utilización de poderes de la máscara Kanohi de la misma manera que una rata Kinloka es capaz de oler la comida a distancia. Y tal y como ya has descubierto, mis Kralhi están muy bien entrenados.

El Matoran sonrió.

—Ahora, no perdamos el tiempo. Mis Rahi recuperaron vuestro transporte, sí, y esas esferas brillantes también… unas creaciones encomiables.

Estoy dispuesto a devolvéroslas si os dais la vuelta, regresáis por donde habéis venido y le entregáis un mensaje a Turaga Dume de mi parte.

—Eso sería… difícil —respondió Vakama—. Pero, ¿cuál es el mensaje?

—¡Decidle que me deje en paz! —les gritó Mavrah dejando a los Toa algo sorprendidos. Hubo un silencio incómodo mientras el Matoran recuperaba la compostura. Tras lo cual añadió en voz baja:

—Yo estoy bien. Los Rahi están bien. No queremos nada de Metru Nui y Metru Nui no debería querer nada de nosotros.

Los Toa se miraron los unos a los otros, ninguno de ellos quería ser el que le contara al Matoran cuál había sido el destino de Metru Nui. Finalmente, Whenua se puso de pie. Los Kralhi avanzaron de manera automática, pero el Toa de la Tierra les ignoró.

—Mavrah, en nombre de Mata Nui… acaba con todo esto —dijo. Los demás Toa le miraron, asombrados. ¿Conocía Whenua a este loco Matoran?

Whenua dio un paso hacia Mavrah y siguió avanzando. El Matoran hizo un gesto a los Kralhi para que se apartasen.

—Estás librando una batalla que acabó hace ya tiempo contra enemigos que ya no existen —continuó el Toa de la Tierra—. Metru Nui ya no es una amenaza para ti, mi viejo amigo, porque Metru Nui ha desaparecido.

Mavrah estuvo callado mientras Whenua hablaba. Contó la historia de los ataques de los Morbuzakh sobre la ciudad; la transformación de los seis Matoran en los Toa Metru; la traición del falso Dume; y el profundo sueño que mantenía cautivos a los Matoran. Al terminar aguardó la reacción del Matoran.

No tardó en llegar, pero no fue lo que esperaba Whenua. Mavrah se echó a reír.

—Mentiras —dijo—. Pero divertidas. Lhikan dejando caer piedras Toa como si fueran regalos de cumpleaños. ¿Whenua, de entre todos los Matoran, un Toa? ¿Y Turaga Dume… oh, *perdonadme*, Makuta… como gran cerebro urdidor de tramas siniestras? Sí, divertido, desde luego.

La expresión de Mavrah se oscureció de repente.

—El Whenua que conocía era muchas cosas menos mentiroso. Eso significa que tú no eres Whenua. No puedo confiar en ti ni en ninguno de vosotros.

Los Kralhi avanzaron hasta conseguir tener a los Toa arrinconados contra la pared de la caverna. Mavrah les acompañaba con los ojos clavados en Whenua.

—Sé que no hay ninguna celda que pueda albergar a los auténticos Toa. Pero adivino que vuestra nave significa algo para vosotros o no habríais luchado con tanto encono. Intentad escapar o hacerme daño y me encargaré de destruirla junto con esas extrañas esferas. No quiero tener problemas con vosotros seis…

Mavrah paró de repente. El Rahi que estaba junto a él había comenzado a chillar de nuevo. Examinó a los cinco Toa que estaban delante de él, y… ¿cinco? Estaba seguro de que antes había seis. Sí, había seis, lo cual significaba…

—¡Uno de ellos ha escapado! —gritó. Le hizo un gesto a dos Kralhi que surgieron de las sombras del fondo de la caverna.

—¡Encontradle! ¡Traedle de vuelta!

Las bestias mecánicas se dieron la vuelta y salieron por un túnel lateral. Nokama vio como se marchaban albergando dentro de sí la esperanza de que Vakama lograría escapar y encontrar el transporte. Su Máscara de Ocultamiento le había permitido desaparecer mientras Mavrah hablaba. El Matoran estaba tan enfadado que no se percató de la sombra que proyectaba Vakama a pesar de ser invisible.

Mata Nui, si puedes oírme, ayuda a Vakama, pensó. *El destino de todos los Matoran está ahora en tus manos.*

Los Kralhi comenzaron su caza moviéndose lenta y metódicamente a través del único túnel en el que el forastero, en buena lógica, podía haber entrado. Su invisibilidad era como mucho una simple incomodidad para ellos. Sus sensores más sofisticados serían seguramente capaces de rastrearle.

Aún así había algo más, además de su absoluta confianza en la victoria, que se añadía a su intangible sensación de excitación por la persecución. Era algo muy simple, aunque con consecuencias potencialmente terroríficas para el Toa del Fuego: Mavrah no había dicho que éste tuviera necesariamente que ser devuelto con vida.

Vakama se movía tan rápido como podía. El problema que había descubierto con la invisibilidad era que él tampoco podía verse a sí mismo. No era tarea fácil correr sin verse los pies.

Podía oír los pesados pasos del Kralhi detrás de él. No tenía ni idea de si serían capaces de verle o no, pero estaba deseando comprobar el poder de su máscara Kanohi.

Sólo le quedaba un disco Kanoka, un disco paralizante con un poder bastante grande. Empezó a elaborar un plan en su cabeza. Un disco podía ser suficiente, si lo utilizaba correctamente…

Se dio prisa en acoplar el Kanoka en su lanzador. Una vez que encontrara el lugar adecuado para una emboscada, los Kralhi se llevarían una gran sorpresa.

Matau miró a los Kralhi que los vigilaban. Los tres permanecían como estatuas, pero sabía que estaban preparados para actuar en cualquier momento. En silencio se dedicó a calcular qué combinación de saltos y volteretas sería necesaria para acercarse a ellos. Todo lo que necesitaba era una oportunidad para poner sus aerocuchillas en funcionamiento.

—¿Cuánto tiempo esperamos? —susurró.

—Le damos a Vakama diez minutos —respondió Onewa—. Entonces nos movemos. Nuju, Whenua y yo distraeremos a los Kralhi. Tú y Nokama atraparéis a Mavrah.

—Nunca me gustó Onu-Matoran —gruñó el Toa del Hielo—. Ahora me gusta menos.

—No le culpes. No le comprendes —dijo Whenua.

—Hay muchas cosas que no comprendemos —respondió Onewa—. Pero tengo la sensación de que tú sí. Quizá haya llegado el momento de que compartas lo que sabes.

Whenua dudó durante un buen rato. Después asintió y comenzó a hablar.

6

EL RELATO DE WHENUA

Mucho antes de los Morbuzakh, mucho antes de los hechos del falso Dumse, mucho antes de la llegada de los Toa Metru, la ciudad de Metru Nui era un paraíso de paz y un lugar para el conocimiento. Aparte de los torneos de akilini del Coliseo que concitaban la ciudad entera, no había más emoción que esperar a que las bestias Rahi apareciesen por los alrededores. En esas ocasiones el Toa Lhikan y los escuadrones Vahki entraban en acción para expulsar a las criaturas o capturarlas para su posterior exposición en los Archivos.

Debido a su larga trayectoria como archivero, no era extraño que Whenua comenzara el día con noticias de las últimas capturas. Pero ese día en particular la llamada en su puerta sonó más desesperada que de costumbre. Fue a abrir, formulando en silencio el deseo de que ninguna de las criaturas de la exposición se hubiera escapado y hubiera destrozado un ala entera de nuevo.

Onepu ni siquiera esperó a que la puerta estuviera completamente abierta para colarse dentro. Sus ojos brillaban de emoción y la luz de su corazón emitía un fuerte resplandor.

—¡Es increíble! ¡Tienes que venir a verlo! Nadie lo sabe, ni siquiera Toa Lhikan!

—Cálmate —dijo Whenua—. Estás hablando tan rápido como un Le-Matoran. ¿Ir a ver qué? ¿Han traído más Rahi? ¿O es que los mineros encontraron más Bohrok de esos?

—Mejor aún. Pero no te lo puedo explicar. El Archivero Jefe quiere que tú, Mavrah y yo vayamos para allá a la mayor brevedad posible.

Onepu salió a toda prisa seguido de un Whenua algo confuso. La última vez que el Archivero Jefe quiso verle, unas pocas docenas de murciélagos de hielo habían escapado de sus tubos e infestado las oficinas administrativas. Esperaba que esta vez la reunión no tuviera que ver con redes, cajones ni nada que volase.

El viaje duró más de lo que esperaba Whenua. Onepu le guió por un camino tortuoso hasta los

Archivos. Pasaron por pasadizos que se desplega-
ban por debajo de la superficie y ascendían a través de subniveles con los cuales Whenua estaba
escasamente familiarizado. Después había un largo
camino a través de túneles abandonados hasta otro
pasadizo, este último necesitado de una repara-
ción urgente, y otro descenso pronunciado hasta
un subnivel que ni siquiera aparecía en las cartas
de navegación de los Archivos.

—¿Dónde estamos?

—Vamos —dijo Onepu—. Espera a ver esto.

Los dos Matoran doblaron una esquina tras la
cual descubrieron una visión asombrosa. Este
subnivel estaba formado casi exclusivamente por
agua y en ella había criaturas que parecían sacadas
del sueño…o de la pesadilla de un archivero. Eran
bestias acuáticas enormes, lo suficientemente grandes como para comerse a Muaka de un trago. Cerca
había cangrejos monstruosos tan fuertes que bien
podían aplastar piedras con sus pinzas. Sólo ver a
uno de esos Rahi hubiera ya sido impactante por sí
mismo, pero había docenas de ellos en este lugar.

Whenua no sabía qué decir. Onepu simplemente
sonreía. Mavrah estaba allí, contemplando la sorprendente vista que se extendía ante sus ojos.

—Te lo dije —sentenció Onepu—. Incluso el Archivero Jefe se quedó sin habla.

—¿De dónde vienen? —preguntó Whenua—. ¿Qué… qué son?

Mavrah se dio la vuelta al oír voces.

—Aparecieron en la costa de Onu-Metru ayer por la noche —dijo—. Sólo Mata Nui sabe la cantidad de escuadrones Vahki que hubo que utilizar para traerlos hasta aquí. Éste era el único lugar de la ciudad lo suficientemente grande como para recogerlos a todos.

Whenua observó que una de las criaturas que emergía del agua llevaba un tiburón Takea entre sus fauces. Después volvió a sumergirse, dejando pocas dudas sobre cuál sería el destino de la pobre bestia marina.

—No hay un tubo de paralización lo suficientemente grande en todo Mata Nui como para… —empezó a decir Whenua.

—No están destinados a ser expuestos —los tres archiveros, al girarse, vieron que la voz era de Turaga Dume, que se acercaba a ellos—. El Archivista Jefe ha solicitado permiso para mantener estas criaturas aquí para su estudio y yo se lo he concedido. No serán puestas en parálisis para que los tres podáis aprender de especimenes en estado de consciencia.

Los tres le dieron las gracias al Turaga. Dume hizo un gesto de despedida.

—No me deis las gracias. Sé que esto es un error. Criaturas en libertad como éstas podrían destrozar la mitad de la ciudad. Por esa razón, hay que mantener este asunto en total secreto. No quiero que se declare el pánico entre la población, ¿entendéis?

Los archivistas asintieron. Nunca antes el Turaga había permitido a propósito que existiera un peligro dentro de los límites de la ciudad. Les atemorizaba pensar que no sólo las seguridad de los archivos, sino quizá la de la misma Metru Nui, dependía de cómo hicieran su trabajo.

—¿Y qué pasa con el Toa Lhikan? —preguntó Whenua—. Seguro que él debe saberlo.

—No —contesto Dume—. La primera misión de Lhikan es la seguridad de la ciudad y no puede ver más allá. Pero el progreso de la ciencia Matoran conlleva sus riesgos. Estoy convencido de que se puede aprender algo de estos… monstruos. Demostrad que estoy en lo cierto.

Una serpiente que parecía aproximadamente del tamaño de Po-Metru levantó la cabeza por encima del agua y emitió un sonido que hizo temblar todo el subnivel.

—Que Mata Nui nos proteja —dijo Dume al marcharse.

Los tres Onu-Matoran se hicieron pronto a su nueva rutina. Todas las mañanas a primera hora, viajaban juntos a los Archivos. Ir juntos les ayudaba a vencer la tentación de hablar con otros archiveros que pudiesen estar interesados en su nuevo proyecto. Pasaban todo el día y la mayor parte de la noche observando y examinando las extrañas criaturas marinas, anotando todo lo que podían sobre el comportamiento y las características de los Rahi. Después regresaban a sus hogares para disfrutar de un breve descanso antes de continuar el trabajo al día siguiente.

Whenua y Onepu no tardaron en empezar a quejarse de que tres Matoran no eran suficientes para hacer el trabajo bien. Pero Mavrah insistió en que mantener el secreto era vital para el éxito del programa y el Archivista Jefe le apoyó.

La fatiga y el sobreesfuerzo terminaron por cobrarse su precio. Los tres Matoran comenzaron a pelearse por las cosas más insignificantes. Registraban donde no debían las anotaciones, los experimentos se estropeaban accidentalmente y en un momento dado uno de los Rahi estuvo a punto de zafarse de Onepu y de un escuadrón Vahki y volver al mar.

Eso fue suficiente para hacer que Mavrah se enfadara.

—¡Tú idiota! —gritó a Onepu—. ¿Te das cuenta de lo que pasaría si se escaparan?

—Tiene razón —dijo Whenua—. Podía haberse dirigido a la ciudad y herir algún Matoran antes de que lográsemos pararlo.

—¿Antes de pararlo? —Repitió Mavrah escéptico—. Antes de que acabáramos con él, querrás decir, así como con todo nuestro proyecto. ¡Tu estupidez podía haber conducido a la destrucción de los Rahi, una trágica pérdida para la ciencia… todo porque no estabas prestando la suficiente atención!

Los malos sentimientos que aquella situación generó tardaron en desaparecer. Pero había algo peor por llegar y esta vez era el turno de Whenua.

Había estado concentrándose intensamente en una criatura que se parecía algo a un Tarakava, sólo que tenía múltiples aletas que podrían evolucionar hasta convertirse en pies algún día. Aunque no era lo suficientemente grande como para ser una amenaza física real para sus vecinos, era capaz de defenderse bastante bien con la ayuda de dos rayos de hielo idénticos que disparaba por los ojos.

El Rahi era tan fascinante que Whenua juraría no haber visto jamás una bestia tan inmensa salir del agua. Las demás criaturas trataban de enfrentarse a ella pero la monstruosa serpiente se las sacudía de encima como si de simples gotas de agua se tratase. Estaba harta de estar prisionera. Y ahora era el momento de escapar o morir en el intento.

El monstruo saltó fuera del agua y se estrelló contra el techo de piedra. Los Archivos temblaron a causa del violento impacto y Whenua fue a parar dentro del improvisado tanque de contención. Antes de que pudiera a duras penas regresar a un lugar seguro, el Rahi atacó de nuevo. Esta vez la fuerza de la choque resquebrajó el techo y destrozó las exposiciones incluso de los niveles más altos.

Whenua tenía otro problema. *No* era un buen nadador. Peor aún, sus vecinos acuáticos habían notado la presencia de un recién llegado entre ellos, uno que no tenía pinzas ni dientes para defenderse. Llegaron a la conclusión de que sería comida fácil y comenzaron a rodear al Matoran.

El archivero intentó recordar con todas sus fuerzas cualquier cosa que hubiera oído sobre cómo librarse de los ataques de Rahi marinos. Presa del pánico se dio cuenta de que era un tema que nunca había discutido. Después de todo, los Onu-Matoran no solían ir a nadar. Sólo los Ga-Matoran estaban lo suficientemente locos para hacerlo.

Un Rahi con forma de calamar extendió su tentáculo. Whenua desesperado lo apartó de un manotazo. Pero sentía que sus brazos y piernas estaban cada vez más cansados de moverse en el agua. Se quedaría sin energía mucho antes de que los Rahi perdieran el interés por él. Entonces se convertiría en otro archivero perdido en busca del saber.

Un tiburón se sumó a la cacería. Como estaba demasiado cansado para seguir luchando, Whenua cerró los ojos y esperó el final. Pero en lugar de un mordisco doloroso, sintió que unas manos le agarraban y le sacaban del agua. Un segundo más tarde estaba de nuevo sobre tierra firme, tosiendo e intentando respirar.

Mavrah le miraba de pie junto a él.

—¿En qué estabas pensando al meterte en el agua?

—Pensé que necesitaba un baño —contestó Whenua tajantemente—. ¿Crees que decidí convertirme en presa de los Rahi? Un temblor de tierra hizo que cayera al agua.

—No se trataba de un temblor —respondió Mavrah en tono grave—. Uno de nuestros huéspedes intentó escapar. Ya está bajo control, pero... hubo muchos daños arriba. Un Kraawa se escapó.

Whenua se estremeció. El Kraawa era un Rahi poco usual capaz de transformar cualquier fuerza en su contra en energía para crecer. Si se la atacaba un número suficiente de veces era capaz de hacerse tan grande como el Coliseo. Para meterla en los Archivos se habían tenido que emplear varios escuadrones Vahki y como resultado de ello tres niveles habían sido destruidos. Si estaba suelta...

—¿Qué ha ocurrido hasta ahora? —preguntó.

—Una docena de Vahki aplastados; tres niveles sufrieron daños muy serios, cuatro han sido evacuados; al menos unos pocos cientos de exposiciones han despertado y andan sueltas. Es un desastre.

—Se te dan bien las descripciones mesuradas y no alarmistas, Mavrah.

Las palabras procedían de Turaga Dume. El anciano caminaba hacia ellos, con el Archivero Jefe a su lado sin parar de dar disculpas. Dume le hizo una seña para que se marchara y miró directamente a Mavrah.

—Este proyecto ha terminado —dijo—. Tan pronto como el orden haya sido reestablecido en los Archivos, los Vahki conducirán a estos... estos monstruos fuera de la ciudad. Una zona de seguridad será establecida en las aguas que rodean Metru Nui. Los Vahki tienen autorización para matar a cualquiera de los Rahi que violen esta zona.

—¡No! —gritó Mavrah—. ¡No debes hacerlo! Piensa en todo el conocimiento que perderíamos, el potencial para el progreso...

—No se trata de algo que se pueda debatir —respondió Turaga Dume. Después, en un tono de voz más bajo, añadió:

—Lo siento, Mavrah. Sé cuanto significa este proyecto para ti. Pero no puedo poner en peligro la seguridad de los Archivos o de la ciudad durante más tiempo. Estas cosas no pertenecen a este lugar.

Dume se volvió para mirar al Archivero Jefe.

—Encárgate de que los Vahki tengan toda la ayuda que necesitan. Quiero que estas bestias hayan desaparecido por la mañana.

Aquella noche fue la más larga que Whenua recordaba. No podía evitar pensar que si hubiera prestado más atención quizá esto no hubiera pasado jamás. Por supuesto, no sabía decir cómo hubiera detenido un Rahi inmenso que quisiera salir, pero eso no venía al caso. Ahora los Archivos estaban medio destruidos y el proyecto había sido cancelado.

Había intentado disculparse ante Mavrah por su error, pero el Onu-Matoran estaba demasiado enfadado como para hablar. Simplemente se quedó allí mirando a los Rahi como si hubiera perdido a sus mejores amigos.

A la mañana siguiente, Whenua regresó y encontró los Archivos que se guardaban bajo llave totalmente destruidos. Había Vahki Rorzakh por todas partes, contemplando atentamente mientras el personal Onu-Matoran se afanaba en devolver los Rahi a los tubos de hibernación. Dentro, otras cuadrillas usaban discos de regeneración para reparar el daño estructural. La magnitud total del daño era apabullante.

Se abrió paso hasta llegar al subnivel que había albergado a los Rahi. Esperaba que estuviera abandonado. Pero en su lugar estaba lleno de Rorzakh y de un Archivero Jefe muy preocupado.

—Se han ido —dijo el administrador—. Todos ellos. Desaparecidos.

—¿No era eso lo que se pretendía? —preguntó Whenua.

—No lo entiendes. Los Rahi se han marchado. Lograron volver al mar. Los Vahki traerán hasta aquí a Onepu y Mavrah.

Un escuadrón Rorzakh apareció más tarde, llevaban a Onepu a empujones delante de ellos. Un segundo escuadrón les iba a la zaga, pero no escoltaban a nadie.

—¿Dónde estaba Mavrah? —preguntó el Archivero Jefe.

Los Vahki se encogieron de hombros. Whenua no tenían ninguna duda de que habían buscado en el hogar de Mavrah y en todos los lugares en los que se podía esconder antes de regresar y admitir su fracaso. Si algo caracterizaba a los Rorzahk era su exhaustividad.

—Debe de estar de camino —murmuró el Jefe Archivero, aunque no sonaba muy convencido de que ese fuera el caso—. Ya he hablado con el Turaga. Va a enviar Bordakh y Rorzahk en busca de las criaturas. Por supuesto, lo importante es que se han marchado: pero creo que todos queremos averiguar cómo y por qué.

Whenua no dijo nada. Pero tenía la terrible sospecha de que conocía ya la respuesta a esas preguntas...

El misterio de los Rahi desaparecidos no llegó a resolverse. El informe oficial del Jefe Archivero al Turaga establecía que las criaturas debían habérselas ingeniado para realizar una fuga en masa. Los Vahki que estaban de guardia no habían hecho nada para evitarlo porque sus órdenes eran asegurarse de que los Rahi se marchaban. Para ellos no importaba de qué forma lo hicieran.

El informe también decía que al intentar detener la huida, Mavrah había desaparecido siendo dado por muerto. Aunque su sacrificio no podía ser reconocido públicamente sin revelar la existencia del proyecto, el subnivel sería renombrado en su honor.

Whenua siempre sospechó que el Turaga Dume sabía más sobre lo que había ocurrido de lo que dejaba entrever. Suspendió la búsqueda de los Rahi por parte de los Vahki al poco tiempo, como si supiera que no se les encontraría ni a ellos ni a Mavrah. Lo que los Rorzakh sabían sobre la situación sólo lo comunicaban al Turaga.

Después de un rato, las cosas volvieron a la normalidad en los Archivos. Tanto Whenua como Onepu hicieron un esfuerzo para olvidar todo lo ocurrido. Era más sencillo aceptar el informe oficial y llorar a su amigo. Después de todo, la única teoría alternativa sobre lo que había pasado esa noche era demasiado rocambolesca como para creerla.

O eso pensaban...

7

—Pero Mavrah no estaba muerto —dijo Nokama poniendo especial cuidado en sus palabras, como si le costase comprender lo que acababa de escuchar—. Se las ingenió para robar los Rahi antes de que los Vahki pudieran trasladarlos.

—Después acabó aquí, donde se topó con los Kralhi —Onewa continuó—. Es una comunidad de marginados.

Nuju se volvió hacia Whenua y le dijo:

—Lo sabías desde el principio. La primera vez que encontramos a las bestias, ya sabías lo que eran.

—No estaba seguro —dijo el Toa de Tierra—. Y… Mavrah me salvó la vida. Y no estaría aquí de no haber sido por mí, bueno, por mi error.

—Lo hecho, hecho está —dijo Nokama—. Pero creo que deberíamos hacer un pacto: en el futuro no habrá más secretos.

Onewa se echó a reír.

—Bueno, sabemos quien es el Toa más optimista —dijo—. Pero el que me tiene preocupado es el que falta. En el nombre de Mata Nui, ¿dónde está Vakama?

El Toa de Fuego se preguntaba lo mismo. Había dado tantas vueltas que ahora no estaba seguro de poder encontrar el camino de vuelta a los Toa. Pero había localizado un lugar perfecto para atrapar a los dos Kralhi.

Ahora estaba colgado en un saliente rocoso que le permitía tener una vista óptima del túnel. Tendría que esperar a que ambos se aproximasen antes de poder actuar y después atacaría primero a la máquina que fuera detrás. El problema era que para entonces ellas también serían capaces de percibir su presencia. Vakama contuvo el aliento e hizo cuanto pudo por permanecer quieto.

El Kralhi que iba al frente levantó la cabeza y miró en la dirección en la que se encontraba él. ¿Le habría visto? No había tiempo que perder. Vakama lanzó el disco congelador al Kralhi que estaba al final a la vez que disparaba un rayo de fuego elemental a la máquina que iba en cabeza.

El hielo y el fuego golpearon a la vez. El intenso calor fundió los componentes del Kralhi que iba primero y destruyó sus centros de control. El disco Kanoka congeló los demás antes de que pudiera reaccionar. El Kralhi al que había alcanzado, con todos los sensores cegados, se tambaleó hacia atrás y fue a dar contra su compañero. Después cayó desplomado soltando chispas por las articulaciones.

Vakama salió de su escondrijo y corrió por el túnel. A pesar de ir a máxima velocidad, no estuvo verdaderamente a salvo hasta que los Kralhi explotaron.

Eso le enseñará a Mavrah lo que soy... lo que es capaz de hacer un Toa, corrigió. *Si es mínimamente razonable, se rendirá enseguida. La próxima vez, puede que no sea tan amable.*

Vakama siguió corriendo. Tras haber cumplido su objetivo no tenía sentido continuar siendo invisible. Unos pocos Rahi de la cueva le vieron pasar, pero ninguno de ellos suponía una amenaza. Ni siquiera se percató de su presencia. Su mente estaba centrada en un pensamiento: encontrar el transporte.

Mata Nui debía estar de su parte, porque en cuanto dobló una esquina avistó el maltrecho casco del *Lhikan*. Estaba varado en una pequeña cala, descansando inclinado sobre unas rocas. La razón de ello estaba clara. Nokama tenía razón. Faltaba una de las esferas.

¿Dónde está? Se preguntó Vakama desconsolado. *¿Qué Matoran se habrá perdido y cómo le encontraremos?*

Una esfera plateada y solitaria descansaba en el fondo del lago. Monstruosos Rahi nadaban sobre ella y a su alrededor, sin embargo ninguno se atrevía a acercarse demasiado. Era una cosa muerta, cierto, pero no parecía comida. Un pez hambriento ya se había destrozado los dientes intentando llevarse un pedazo.

Dentro de la esfera el Po-Matoran llamado Ahkmou yacía sumido en un sueño sin fin. Sus sueños estaban llenos de vides Morbuzakh, monstruos de cuatro patas seguidos de bestias descomunales, escuadrones Vahki y Grandes Discos. No sabía dónde estaba ni por qué. Su último recuerdo era estar sentado en el Coliseo y sentir como una gran debilidad se apoderaba de él. Curiosamente para un Matoran que había intentado traicionar a los Toa Metru y a la ciudad, sus últimos pensamientos conscientes habían sido: ¿dónde están los Toa? ¿Por qué no están aquí para salvarme?

Seguro en su esfera, Ahkmou dormía, esperando que un ser poderoso le despertara algún día…

—¡Despierta! —gritó Onewa.

Aquella voz sacó a Whenua de sus pensamientos y le devolvió a la situación que tenía por delante. La explosión había distraído a los Kralhi por un instante lo suficientemente largo como para que los Toa Metru pudieran ponerse en camino. Ahora Onewa estaba luchando con la cola de un Kralhi, intentando mantenerla lejos de sus amigos.

—¡No me vendría mal un poco de ayuda! —dijo el Toa de Piedra.

Whenua apartó las preocupaciones de su cabeza y se fue hacia la monstruosidad mecánica. El Kralhi se esforzaba por volverse y atrapar al Toa con sus herramientas. Onewa esperó hasta estar seguro de que Whenua tenía una buena posición, y soltó.

—Sujétalo —dijo— y prepárate para saltar.

El Toa de Piedra concentró sus energías fundamentales en el suelo de piedra que estaba debajo de los pies del Kralhi. A su orden, la roca se abrió en dos y el Kralhi cayó por la grieta. Whenua apenas pudo soltarlo con tiempo suficiente para ponerse a salvo, y se apartó tambaleándose del borde del agujero abierto.

—¿Y ahora qué? —preguntó el Toa de Tierra—. Saldrá de ahí de nuevo.

—No. No lo creo —respondió Onewa.

Los bordes de la grieta se cerraron de repente. Después volvieron a abrirse lentamente y dejaron ver una máquina parcialmente destrozada que no dejaba de echar chispas. Después los muros frontal y trasero de la brecha hicieron lo mismo, dejando reducido el Kralhi a un bloque de cables y maquinaria de forma perfectamente cuadrada.

—Ahí está —dijo el Toa de Piedra—. Para ser un guardia mecanizado es un ladrillo muy bonito.

En el otro lado de la cueva, Nuju no paraba de moverse, saltaba esquivando las burbujas de energía de los Kralhi. Pensó en la posibilidad de llegar hasta el túnel, pero decidió que era mejor no hacerlo. Los Kralhi probablemente le dejarían escapar y volverían su atención hacia Nokama y Matau. No, tendría que quedarse allí y luchar.

Incluso mientras Nuju se retorcía y giraba para esquivar las esferas caza-energía, las ideas se agolpaban en su mente. Las burbujas eran increíblemente poderosas, la energía contenida en los Kralhi las generaba. Ello abría algunas posibilidades fascinantes, siempre y cuando pudiera mantener a los Kralhi centrados en lo que estaba pasando ahora y no en lo que estaba a punto de pasar.

—Se ríen de vosotros en Ko-Metru, sabéis —dijo—. Os llaman «el capricho de Nuparu».

Los Kralhi se acercaron, lanzando burbujas de energía a un ritmo rápido.

—Necesitábamos fuerzas del orden —prosiguió Nuju, que seguía agachándose y moviéndose de un lado para otro a fin de esquivar las burbujas—. En su lugar, conseguimos oscuros y ruidosos vampiros de energía. Debían haberos mandado a todos al centro de control para convertiros en carretillas Ussal.

No había forma de saber si los Kralhi entendían las palabras, pero con toda seguridad captaban su tono. En otros tiempos, cualquier Matoran que hubiese hablado así a un Kralhi hubiera corrido peligro de muerte porque éste le hubiera extraído la energía hasta dejarlo prácticamente sin fuerzas. Había que mantener el orden y castigar la insolencia.

—O quizá algún mueble —se burló el Toa de Hielo—. Podíamos haber hecho con vosotros mesas y sillas. Pensad en el mercado que habría habido para genuinos reposa pies Kralhi y estanterías para poner adornos.

La cola del Kralhi se preparó para cernirse sobre Nuju. El extremo de la misma comenzó a hacer ruido a medida que se formaba otra burbuja de energía. Nuju se dio la vuelta e intentó correr como si tuviera miedo, pero, en realidad, se dirigía hacia la pared. Sincronizando sus movimientos cuidadosamente, el Toa de Hielo recorrió tres cuartas partes de la altura del muro y remató el ascenso con una voltereta hacia atrás. Todavía en el aire, lanzó ráfagas de hielo con sus lanzas de cristal.

Su poder se encontró con las energías de los Kralhi al máximo. Una gruesa capa de hielo sólido recubrió el extremo de la cola de la máquina justo cuando estaba a punto de disparar la burbuja de energía. Pero como no podía soltarla, las poderosas energías del Kralhi no tenían ningún sitio a donde ir mas que de vuelta a su lugar de origen.

Nuju golpeó el suelo con fuerza cuando el Kralhi comenzó a vibrar. El Toa utilizó sus poderes para formar una esfera de hielo duro alrededor de él. La terminó justo a tiempo, ya que la retroalimentación produjo una violenta explosión que envió partes de Kralhi volando en todas direcciones. La esfera Nuju salió despedida hacia atrás y se rompió al chocar contra el muro de piedra.

El Toa de Hielo estuvo tendido por un momento en medio de los pedazos de su esfera protectora y los fragmentos candentes del Kralhi. Lentamente se puso de pie y miró a la ruina humeante que un momento antes había sido un poderoso guardián robot.

—Ese es el problema con las máquinas —murmuró—. Nunca piensan en el futuro.

Matau y Nokama lo habían tenido más fácil. Una simple cortina de viento era suficiente para mantener la mascota Rahi de Mavrah a raya, mientras que Nokama, firmemente pero con suavidad, le inmovilizaba contra la pared. No tenía ninguna intención de hacer daño al Matoran, simplemente quería dejarle algunas cosas claras.

—No somos tus enemigos —le dijo con una nota de urgencia en la voz—. Detén a los Kralhi y habla con nosotros. Sé lo que pasó, Mavrah, y por qué dejaste Metru Nui. Pero no tienes que quedarte aquí. Puedes venir con nosotros.

El Matoran luchaba por soltarse.

—¿Ir con vosotros adónde? —dijo—. Si dices la verdad y Metru Nui se ha perdido, no hay ningún sitio a donde ir. Pasado el río no hay más que muerte.

Nokama comenzó a hablar, pero se paró. Por lo que sabía, Mavrah tenía razón. Lo único que les decía que el camino de la salvación estaba detrás de la Gran Barrera era la visión de Vakama. ¿Y si se había equivocado? ¿Y si no había un paraíso para los Matoran?

Mavrah miró por encima del hombro derecho de Nokama. Ella se giró a tiempo de ver que el antebrazo de un Kralhi se abalanzaba sobre ella. Como era demasiado tarde para esquivarlo, aguantó el impacto que la lanzó despedida por el suelo de la cueva. Mavrah se apresuró a llegar a la orilla.

—¡Amigas mías! ¡Oídme! —gritó a las criaturas del lago—. ¡Ha llegado el momento de que luchéis por vuestra libertad!

Nokama sacudió la cabeza sin poder creer lo que estaba viendo. Las aguas comenzaron a agitarse cuando una horda de Rahi marinos gigantes se dio la vuelta y se dirigió a la cueva. Los otros Toa también las vieron y se quedaron igualmente impresionados.

—Esos Rahi no le hacen caso, ¿verdad? —preguntó Onewa.

—Por supuesto que no —respondió Nuju—. Nadie tiene poder sobre los Rahi.

—¡Hermanos! ¡Deprisa, ayudad!

Se volvieron para ver a Matau atrapado entre dos Kralhi. El Toa del Aire había hecho que se formara una tormenta de aire, pero los Kralhi pesaban demasiado como para poder moverlos.

—¿Cuál quieres, derecha o izquierda? —preguntó Onewa.

—Me da igual —dijo Nuju—. Tú eliges.

Uno de los Kralhi se detuvo, como si estuviera oyendo algo. Al momento, un chorro de llamas salió de su espalda y recorrió aprisa toda la longitud de su cuerpo. Antes de que nadie pudiera saber realmente lo que estaba pasando, las dos mitades humeantes de la máquina se desplomaron.

Vakama volvió a hacerse visible. Estaba tumbado sobre su espalda en el suelo de piedra a los pies de Matau. Empleando la Máscara de Ocultación para esconder sus movimientos, había logrado escurrirse debajo de los Kralhi y darle un buen uso a su poder de fuego.

Matau miró hacia abajo y sonrió.

—Entonces es oficial, hermano Toa —dijo—. Haces más tumbado que Onewa en un día.

Un segundo Kralhi salió de las sombras para unirse a la única máquina superviviente. Pero el Toa no tenían ni un momento para preocuparse por ellos. El ejército de criaturas marinas de Mavrah había alcanzado la orilla con más rapidez de lo que nadie esperaba. Los tentáculos de una criatura parecida a una medusa salieron del agua, se enroscaron alrededor de las piernas de Nokama y comenzaron a tirar de ella hacia el lago.

Nuju reaccionó enseguida, apresurándose para usar sus poderes de hielo contra la criatura. Antes de que pudiera levantar sus lanzas de cristal, recibió un golpe de la poderosa cola de un Rahi y salió despedido.

Después le llegó el turno a Onewa que con su Máscara de Control Mental intentó hacerse con el control de la criatura. Para su sorpresa, el Rahi le plantó cara. Whenua se ocupaba de rechazar los ataques de dirigidos contra el Toa de Piedra mientras Onewa permanecía absorto en su enfrentamiento mental con la bestia. Finalmente, la voluntad del Toa se impuso ya que el Rahi soltó a Nokama y se metió bajo el agua.

Onewa la ayudó a ponerse de pie.

—¿Estás bien?

Nokama asintió.

—Sí, gracias. Un poco más y hubiera tenido que utilizar mis cuchillas, y no me gusta tener que hacerle daño a criaturas vivas.

—Bueno, no quieras saber lo que piensa esa cosa —dijo el Toa de Piedra temblando de miedo—. No volverás a ir de pesca.

Nokama contempló el caos desatado a su alrededor. Vakama y Matau intentaban repeler juntos los avances de los Kralhi y de media docena de rayos Rahi voladores. Nuju todavía estaba esperando a que el mundo dejara de dar vueltas. Whenua tenía las manos ocupadas con un insectoide submarino que era más grande que él y dos veces más fuerte. Y durante todo ese tiempo ahí estaba Mavrah animando a las criaturas a seguir luchando.

Mavrah no podía evitar su alegría. Sus amigos habían acudido en cuanto les llamó, justo como esperaba que hiciesen. Oh, todavía no habían derrotado a estos Toa, pero lo harían. Entonces todo volvería a la normalidad.

—¡Matoran!

Mavrah se dio la vuelta. El que se hacía llamar Onewa se acercaba y parecía enfadado. El Matoran miró alrededor, pero no había ningún lugar hacia donde escapar. En su lugar, se quedó donde estaba, decidido a no mostrar temor ante un aplasta-rocas de Po-Metru.

—Esto se acaba ahora mismo —dijo el Toa—. Dile a tu desmesurado acuario que pare antes de que te enseñe de lo que es capaz el poder de la piedra.

El Matoran se echó a reír.

—Y si me atrapas o me dejas inconsciente, ¿qué pasa con tus amigos? ¿Quién evitará que mis Rahi vuelvan a su estado salvaje? No, Onewa, acéptalo: no puedes hacerme daño.

Onewa se giró al oír un sonido que le era familiar, uno que esperaba no tener que volver a oír jamás.

—Quizá yo no pueda, Mavrah —dijo—. Pero ellos sí.

El Matoran miró hacia arriba. Quince Vorzakh Vahki habían aparecido sobre el lago, con los Bastones de Exterminio listos, tomándose su tiempo mientras decidían si atacaban primero a los Rahi o a los Toa. Era el tipo de elección que les gustaba.

Una criatura marina embistió contra el saliente rocoso en el que estaban Onewa y Mavrah. El Matoran cayó hacia atrás dentro de la cueva, mientras Onewa se fue de bruces contra el agua. Sólo después de estar bajo las olas recordó que la piedra no flota… se hunde.

8

Onewa estaba tendido en el fondo del lago. Había tragado ya mucha agua y sus aletargados miembros no le permitían levantarse. En su mente, había vuelto a Po-Metru y estaba sentado a su mesa de trabajo dándole los últimos retoques a una máscara Kanohi. Iba despacio. Cada vez que golpeaba la máscara con el cincel, brotaba agua de ella.

Pero no había prisa. A diferencia de lo que ocurría con la mayoría de proyectos, Onewa no sentía ninguna prisa por acabar esta máscara. Más bien le inundaba una extraña calma. Algo en su interior le gritaba que necesitaba dejar de trabajar y salir de allí, pero la voz era tan débil que no le hizo caso.

Después de todo, ¿qué podía ser tan preocupante?

Mavrah se incorporó, sacudiéndose de encima los efectos de golpear el duro suelo de piedra. Abrió los ojos, miró alrededor y se preguntó si había perdido la cabeza.

Las imágenes y los sonidos de la batalla le rodeaban. Los Vorzakh continuaban desafiando a algunos de los monstruosos Rahi. Habían logrado dejar a las criaturas sin sentido con sus bastones aturdidores. Pero borrar las mentes de criaturas que en realidad poco tenían dentro era un logro insignificante. Los Rahi seguían acudiendo, derribando a los sorprendidos Vorzakh y arrastrándolos bajo el agua.

En la cueva, cuatro Toa Metru se habían colocado de espalda los unos a los otros para formar un cuadrado. Era posible ver el resplandor de las energías elementales a medida que se defendían de los Kralhi, Rahi y Vahki. Hasta el momento ningún ataque les había alcanzado pero estaban tan presionados que no podían lanzarse a la ofensiva.

Los ojos de Mavrah se abrieron como platos al ver como un Vorzakh viraba repentinamente y se estrellaba contra el muro de piedra. Comenzó a echar chispas por todos lados, resbaló al agua y desapareció. A poca distancia, Vakama y Nuju unían sus fuerzas contra un Kralhi. Mientras Nuju congelaba la mitad de la máquina, Vakama hacía que la otra mitad se pusiera incandescente. Cualquier mecanismo que el Kralhi utilizaba para compensar el cambio extremo de temperaturas era rápidamente fundido o congelado. La máquina terminó por desmoronarse sobre sí misma.

Era demasiado. El rugido de los Rahi, el sonido de los bastones Vahki, el aullido de los vientos de Matau se combinó hasta formar un muro ensordecedor. El Matoran hizo un gesto de dolor al ver como un Vahki arremetía contra un Rahi dejándolo sin sentido y enviando la enorme criatura directa al agua. Desvió la mirada y descubrió a los cuatro Toa que retrocedían ante el empuje de media docena de Vorzakh.

¿Cuatro? Se preguntó. *Sé que Onewa desapareció en el agua… pero ¿dónde está Whenua?*

El Toa de Tierra se preguntaba lo mismo. Había visto a Onewa caer al agua. Como su camarada no reapareció inmediatamente, Whenua se lanzó en su busca. Ahora estaba intentando avanzar en las turbulentas aguas utilizando su Máscara de Visión Nocturna para iluminar el camino.

Los residentes de Onu-Metru y de Po-Metru no solían mantener estrechos vínculos de amistad.

Los Onu-Matoran vivían centrados en el pasado, mientras que los Po-Matoran se preocupaban sólo del trabajo que tocaba hacer ese día y de cuándo podrían celebrar un juego akilini. Pero había una conexión entre los dos metru, aunque sus poblaciones no quisieran admitirlo. Ambas estaban ligadas al suelo, unos extraían la protodermis sólida y los otros la convertían en bloques de construcción para la ciudad.

La tierra y la piedra eran hermanas y Whenua lo sabía. Así que no tuvo ninguna duda en arriesgar su vida para salvar la de Onewa.

El rayo de su máscara Kanohi se posó sobre una extraña forma situada en el fondo. Era Onewa, que yacía inmóvil, la luz de su corazón era muy tenue y apenas parpadeaba. Un banco de tiburones Takea se cernía sobre el Toa de Piedra, intentado determinar si su presa estaba tan indefensa como parecía.

Whenua aceleró sus electroperforadoras y disparó. Los tiburones se dispersaron ante él, confusos por las vibraciones del agua causadas por las herramientas del Toa. Sabía que disponía sólo de unos momentos antes de que se recuperaran. Un rayo largo intentó alcanzarle, pero Whenua lo desvió con una fuerza nacida de la desesperación.

Agarró a Onewa y tiró de él con todas sus energías para llevarle a la superficie. Los tiburones se dieron la vuelta para seguirlos. Whenua vio que el saliente estaba muy lejos aún sobre sus cabezas. Con la precisión del archivero que en su día fue, calculó que no llegaría a tiempo.

El Toa de Tierra pataleó con todas sus fuerzas. Si iba a fallar, lo haría dando lo mejor de sí. En el fondo, esperaba sentir las mandíbulas de los tiburones clavarse en sus piernas.

El agua se agitó. Whenua miró a la izquierda y vio un enorme Tarakava que se acercaba, con sus poderosos antebrazos alargados hacia delante. La criatura se dirigía sin ninguna duda hacia los dos Toa, pero los tiburones no estaban dispuestos a dejar escapar a su presa. Se volvieron los dos a la vez y comenzaron a intentar morder al gran Rahi.

La esperanza renació en Whenua. Se esforzó por nadar el último tramo para agarrarse al saliente. Con las últimas fuerzas que le quedaban, sacó a Onewa del agua y lo colocó en tierra firme. Estaba a punto de seguir cuando un golpe del Taravaka le alcanzó por la espalda. Whenua aguantó por pura voluntad y arrastrándose maltrecho logró llegar hasta la cueva antes de desmoronarse.

Onewa tosió, tenía que expulsar el agua que había tragado. Se sentía como si le hubiera pasado una manada de Kikanalo por encima. A pesar de su debilidad, encontró la energía suficiente para ponerse al lado de Whenua. El Toa de Tierra estaba herido, pero vivía todavía. Onewa miró hacia arriba y vio que Mavrah les estaba observando.

—Es tu amigo —dijo el Toa de Piedra exhausto—. Podía haber muerto. ¿Es que no significa nada para ti?

El Tarakava salió a la superficie, llevaba un tiburón agarrado a uno de sus brazos. A pesar de su ventaja en tamaño y fuerza, era obvio que el gran Rahi no sobreviviría.

—¿Es que eres igual que ellos? —le increpó Onewa mirando hacia el lago.

—No —respondió Mavrah—. Son mis amigos, mis compañeros…

Dos peces voladores se abalanzaron sobre un Vorzakh. Se apartó de su camino en el último momento y los dos Rahi comenzaron a luchar entre ellos.

—Ya veo —dijo Onewa, con desagrado en su voz—. Ya veo como tratas a tus amigos. Los pones en peligro, dejas que les hagan daño… Creo que será mejor tenerte por enemigo.

Un Vahki bajó en picado y se llevó a dos Rahi con él. Las llamas de Vakama empujaron a una criatura con forma de serpiente de vuelta al agua.

—Mira a tu alrededor —prosiguió Onewa—. Los Rahi a los que se supone que estás protegiendo están cayendo heridos; algunos incluso han muerto. No hay motivos para que esto ocurra. Puedes detenerlo.

Un Rahi con la cabeza en forma de hoja de hacha salió despedido por el suelo de la cueva obligando a los cuatro Toa a apartarse. Un cangrejo gigante, aturdido por la ráfaga de un Vahki, resbaló y cayó al agua. Un grupo de tiburones dio buena cuenta de él.

—Pero, ¿por qué, hermano? —dijo Onewa—. Quiero decir, nunca tuvo que ver con ellos, ¿verdad? Se trataba de ti. Dume iba a dejarte sin tu proyecto de mascotas. Se acabaron los pasadizos secretos, los experimentos, vuelta a la monotonía del trabajo en los Archivos. Así que los robaste y huiste, pensando… ¿qué? ¿Que encontrarías una manera de hacer mansos, pequeños y cariñosos peces Ruki y regresarías a Metru Nui convertido en un héroe para la ciencia?

La bestia con cabeza en forma de hacha empujó a Matau hacia un lado como si se tratara de un alga marina. Los Rahi que estaban bajo el agua continuaban enzarzados luchando entre sí, sacudiendo el lago y provocando enormes olas que chocaban contra la cueva.

—No lo entiendes —dijo Mavrah en voz baja.

—Entiendo que mis amigos, seres que han arriesgado su vida para salvar a Matoran como tú, están en peligro —le espetó Onewa—. Entiendo que a tus «amigos» les gusta pelear y que se están destruyendo los unos a los otros. Y entiendo que esta cueva va a ser el último lugar que veamos en nuestra vida.

Sobre sus cabezas, los Vahki que quedaban estaban agrupándose para volver a cargar. La criatura marina con cabeza en forma de hacha había reducido el último Kralhi a un amasijo de piezas mecánicas.

Mavrah sacudió la cabeza.

—No, no. Esto no es lo que yo quería. No es como yo imaginé —salió corriendo hacia el saliente, gritando—: ¡Deteneos! ¡Deteneos!

Whenua, aún conmocionado, intentó agarrarlo pero no pudo.

—¡Mavrah, no!

Pero el Matoran estaba ya al borde del agua, moviendo sus brazos en vano.

—¡Por favor, dejad de luchar! ¡Parad! —a pesar de que alguno de los combatientes hubiera estado en disposición de escuchar, sus palabras se perdieron ahogadas por los sonidos de la batalla y el rugido de las olas.

Whenua se puso de pie y avanzó hacia el Matoran como pudo. Le quedaban sólo dos pasos cuando una ola gigantesca rompió justo en el saliente en el que estaba Mavrah. En un instante el Onu-Matoran desapareció engullido por las violentas aguas.

El Toa de Tierra corrió hacia allí pero Onewa le detuvo.

—Whenua, no, es demasiado tarde —dijo Onewa—. Los Rahi están fuera de control. Nunca le encontrarás. Tú también desaparecerías.

—Pero es mi amigo —dijo Whenua, aunque se daba cuenta de que Onewa tenía razón. Nadie podía sobrevivir en aquel caldero en el que se había convertido el lago.

—Lo sé —respondió Onewa—. Y yo también.

Al alzar la vista Vakama vio que Onewa y Whenua corrían hacia él. Nuju y Nokama acababan de terminar de devolver los Rahi al agua y de sellar con hielo el agujero que había en el suelo de la cueva.

—¿Encontraste el transporte? —preguntó Onewa.

—Sí, no está lejos.

—Entonces tenemos que marcharnos —dijo el Toa de Piedra— mientras podamos.

—¿Y qué pasará con los Vakhi? ¿Acaso no ser implacables? —preguntó Matau.

Onewa negó con la cabeza.

—Deja de preocuparte jinete Ussal y comienza a correr.

Vakama lideró el camino de vuelta al transporte a través de los túneles. Mientras los demás embarcaban, Matau se adelantó para reconocer el camino. Regresó al momento con unas extrañas noticias.

—Está todo despejado —informó—. Este afluente rodea el lago y a las bestias Rahi y vuelve a verterse en el río.

Whenua y Onewa empujaron el transporte para sacarlo de la plataforma rocosa y devolverlo al agua, a continuación subieron a bordo velozmente. Nadie dijo nada sobre la esfera Matoran que faltaba. Sabían que si no se ponían en movimiento, perderían también las otras cinco esferas, junto con todas sus esperanzas de cara a los Matoran durmientes de Metru Nui.

Matau tomó los controles y avanzó veloz por el afluente. Cada uno de ellos iba sumido en sus pensamientos. Los sonidos de la batalla se apagaron, después, a medida que se acercaban al río, volvieron a hacerse más altos. Entonces el transporte surcó a toda prisa los rápidos y aterrizó en otro túnel más ancho. Detrás de ellos podían ver a los Rahi que seguían peleándose entre sí y contra los Vahki.

Un Vorzakh aerotransportado divisó la embarcación. Súbitamente olvidaron todo pensamiento de lucha. Algo trataba de escapar. Los Vahki estaban diseñados para perseguir cualquier cosa que se diese a la fuga. Le hizo una señal a sus compañeros y media docena de Vahki despegó detrás de los Toa, ganándole rápidamente terreno.

Vakama miró por encima de su hombro y vio a los guardianes mecanizados de Metru Nui que se les aproximaban.

—Haré que vayan más despacio —le dijo a Onewa—. Tú detenlos.

—¿Sabes lo que me estás pidiendo? —respondió el Toa de Piedra—. Nunca podremos venir por aquí de nuevo.

—¡Encontraremos otra ruta! —dijo Vakama, soltando una descarga de bolas de fuego sobre los Vahki que se aproximaban—. Vamos a encontrar un mundo nuevo, Onewa, y no quiero que los Vahki sean parte de él.

Los poderes elementales del Toa de Fuego no habían detenido a los Vahki, pero tener que esquivar sus llamas los había retrasado y había roto su formación. Onewa reunió todas sus energías y las centró en el techo del túnel. Tenía poder sobre la roca, y comandado por su voluntad, un túnel que había existido durante siglos comenzó a desplomarse. Los Vahki esquivaron las primeras piedras pero la destrucción continuó hasta que finalmente el techo se derrumbó a lo largo de todo el pasillo.

Los Vahki desaparecieron bajo de la avalancha de roca.

Matau detuvo el transporte. Los seis Toa contemplaron el muro de piedra que bloqueaba ahora el túnel.

—Siento como si esa barrera fuera un signo —dijo Nokama en voz baja—. Casi como si el Gran Espíritu nos estuviera diciendo que no volveremos nunca a Metru Nui.

—Regresaremos —le aseguró Vakama—. Debemos. Todavía tenemos un destino que cumplir.

—Antes de que podamos regresar, tenemos que ir hacia delante —dijo Whenua—. Eso era lo que Mavrah no podía ver. Estaba tan centrado en lo que podía perder, que se olvidó de mirar hacia delante a todo lo que el futuro podía depararle.

Nuju asintió.

—Como tantos Onu-Matoran… y demasiados Ko-Matoran… intentó esconderse del mundo.

Un bastón Vahki salió a la superficie del agua. Vakama lo recogió y lo rompió en dos sobre su rodilla.

—Pero el mundo siempre te encuentra —dijo el Toa de Fuego, tirando los pedazos por la borda del *Lhikan*.

9

El transporte se deslizaba lentamente por el agua. Algunas de las patas de la nave habían resultado dañadas en las últimas curvas, que eran demasiado cerradas, y Whenua y Onewa estaban haciendo las correspondientes reparaciones. Nokama permanecía sentada en la cubierta con las piernas colgando por la borda. Había limpiado el «pez Makuta» de Matau y ahora tallaba pacientemente las espinas con una afilada roca.

—¿Qué estás haciendo? —preguntó Vakama que estaba sentado a su lado.

—Un tridente, como el que utilizan los cazadores de pescado Ga-Matoran —respondió—. Será un recordatorio de todo lo que hemos visto y vivido en este viaje.

—Espero que su final esté ya cerca. El nivel de agua en el túnel está subiendo. Pronto estará completamente inundado.

Nokama se detuvo para examinar su trabajo.

—¿Crees que habrá otros Toa allí adonde vamos, Vakama?

El Toa de Fuego se encogió de hombros.

—No sé. Si no los hay, quizá algún día los haya. Estoy seguro de que nuestro nuevo hogar tendrá sus peligros y los Matoran necesitarán quien los defienda.

—Y seremos Turaga viejos y sabios —dijo Nokama con una sonrisa—. Los mejores para contar historias, arbitrar partidos de akilini y observar como Matau intenta hacer volar un pájaro Gukko sin que se caiga. ¿Te lo imaginas?

Salió del transporte y se metió en el agua.

—Creo que quizá deberíamos dejar en este lugar un recuerdo de nuestra presencia dado que no volveremos a pasar por aquí. —haciendo uso del extremo afilado de su hidrocuchilla, comenzó a grabar algo en la pared de roca.

Cuando hubo acabado, se volvió hacia Vakama.

—No es tan bueno como el que haría Onewa pero… ¿qué te parece?

El Toa de Fuego contempló el nuevo relieve de los seis Toa Metru y sonrió.

—Deberías haber sido un Po-Matoran —dijo—. Es una pena que nadie vaya a verlo jamás.

—¡Es increíble! ¡Increíble!

Los dos Toa se dieron la vuelta para ver a Matau emocionado volando en círculos sobre el barco.

—Encontrar he mi nuevo hogar. Es… es… ¡Tenéis que venir a verlo! —gritó el Toa del Aire.

—¿Puede llevarnos hasta allí el transporte? —preguntó Vakama a Onewa.

—Si digo sí, ¿dejará de gritar?

—Probablemente.

—Entonces sí —dijo el Toa de Piedra.

Mucho antes de salir del túnel, tuvieron que proteger sus ojos de la luz. Whenua en particular tuvo que entrecerrar los ojos.

—Mata Nui, si en este lugar hay una luz tan brillante, ¿cómo seremos capaces de ver? —preguntó.

Entonces y de forma repentina se encontraron de nuevo en mar abierto, con todo un universo nuevo a su alrededor. Había una luz, resplandeciente como los fuegos de la Gran Caldera, que manaba de un orbe amarillo brillante situado en el cielo. Las aguas se abrían paso hacia el horizonte.

No había ninguna barrera de piedra que las contuviese. Los pájaros marinos revoloteaban sobre sus cabezas emitiendo sonidos que podían ser de bienvenida o de advertencia.

—Por el Gran Espíritu… es asombroso —susurró Nokama—. Semejante belleza.

Se agachó y recogió con sus manos un poco de agua. Cuidadosamente se la llevó a la boca y la probó. Inmediatamente la escupió.

—Esto *no* es agua —dijo—. No como la que conocemos en Metru Nui.

—Será mejor que te vayas acostumbrando a las sorpresas, Nokama —dijo Nuju—. Creo que este mundo está lleno de ellas.

Matau hizo girar el transporte y así vieron por primera vez la inmensa isla que sería su nuevo hogar. Era varias veces el tamaño de Metru Nui, con montañas mucho más altas que las de Po-Metru y grandes extensiones cubiertas de vegetación. Al principio, Vakama observó toda la vida vegetal y se preguntó si quizá este lugar estaría bajo el dominio de los Morbuzakh. Entonces vio que la vegetación que crecía aquí tenía un verdor y una exhuberancia distinta a la de las vides marchitas y ennegrecidas que habían amenazado su ciudad.

Nada se movía en la playa. Aparte de los pájaros que sobrevolaban sus cabezas, no parecía que hubiera ninguna vida animal en la isla. Las arenas blancas estaban como si nadie hubiera caminado nunca antes sobre ellas. Los seis Toa miraron hacia la isla con una mezcla de asombro, esperanza e incertidumbre.

—¿Dónde está la central eléctrica? —preguntó Whenua—. ¿Dónde están los túneles? ¿La motorueda? Incluso un poblado de ensambladores quedaría bonito.

—Nos encontramos en tierra virgen —dijo Vakama—. Tendremos que continuar con nuestras vidas aquí, por nosotros y por los Matoran, y prescindiendo de las comodidades de Metru Nui.

—Eso es —dijo Onewa sarcásticamente—. Y Matau vivirá en un árbol.

—El escultor tiene razón —dijo Nuju—. Es un lugar extraordinario, pero ¿cómo vamos a esperar que los Matoran vivan aquí? ¿Podremos construir una civilización en esta jungla?

—Encontraremos la manera de hacerlo —dijo Vakama, con más confianza de la que jamás había oído Nokama en su voz—. Por eso es por lo que el Gran Espíritu Mata Nui nos guió hasta aquí y nos mantuvo a salvo durante nuestro viaje. Este será nuestro hogar y nuestro paraíso.

—¿Entonces por qué siento como si hubiera dejado un paraíso a mis espaldas por un lugar muy, muy extraño? —preguntó Whenua. Entonces su atención se desvió hacia los pájaros marinos que no se parecían a nada de lo que había visto hasta entonces.

—¿Qué crees que son aquellas cosas? Nunca tuvimos nada parecido en los Archivos. ¿Cómo consiguen planear en el aire de esa forma?

—Bueno, ya veo que Whenua está preparado para nuestro nuevo hogar —dijo Nokama—. Creo que ha llegado el momento, hermanos.

Matau pilotó el transporte hasta la orilla. Nokama no podía dejar de mirar a su alrededor pensando en lo maravilloso que era este lugar para un poblado Ga-Matoran. *Algún día*, pensó esperanzada. *Algún día traeré a todos aquí.*

Entonces, uno a uno, los Toa Metru fueron bajando del transporte para pisar la arena de la isla que estaba destinada a ser su morada por muchos, muchos años.

EPÍLOGO

—Y así encontramos la isla de Mata Nui aunque entonces aún no se llamaba así —concluyó Turaga Nokama—. El Gran Espíritu había velado por nosotros y nos había ayudado a encontrar el lugar donde los Matoran podían vivir en paz una vez más.

—Entonces, ¿el relieve que encontré en el túnel bajo el agua mientras buscaba las máscaras Kanohi Nuva… el de los seis misteriosos Toa…? —comenzó a decir Gali Nuva.

—Ese era el relieve que hice yo hace mucho tiempo —dijo Nokama—. Te llevé allí porque quería que lo encontrases, Gali. Quería que vieses que no estás sola. Eres parte de una gran tradición. Antes de que tú llegaras ya había héroes, Toa del Agua, y otros llegarán cuando hayas cumplido con tu destino.

Tahu Nuva comenzó a hablar, evidentemente incomodado por lo que tenía que decir.

—Te agradezco que hayas compartido tu historia con nosotros, Turaga. Pero mis preguntas continúan sin respuesta. Llegaste a Mata Nui acompañado únicamente por cinco Matoran, dejando a muchos atrás, en las profundidades de la ciudad. ¿Cómo es posible que vinieran tantos a vivir aquí? ¿Se despertaron y escaparon de la ciudad?

Turaga Nuju dejó escapar un chasquido y silbó enojado al Toa de Fuego. Matoro miró al Turaga Nokama.

—¿Tengo que traducir eso? —preguntó—. Quiero decir… es un Toa, y cuando se enfada algo siempre termina en llamas.

—Adivino que Toa Tahu comprende el espíritu, aunque no el significado, de los comentarios de Nuju —respondió Nokama—. Supongo que todo es culpa nuestra, en primer lugar por mantener cosas en secreto, y después por creer que podíamos compartir sólo una parte de nuestro pasado manteniendo otras cosas bajo llave.

Se volvió hacia Nuju.

—Deberíamos haber recordado, amigo mío, que un Toa no soporta los secretos.

—Entonces queda algo por contar —dijo Tahu Nuva—. ¿Por qué no lo haces?

—Porque no le corresponde a ella contar esa historia.

Todos los que estaban presentes se dieron la vuelta para ver aproximarse a Turaga Vakama. Su expresión era solemne. Viendo el poder y la sabiduría que emanaba de él, era difícil creer que hubo un tiempo en que fue un Matoran inseguro que se vio forzado a cumplir con un papel de héroe.

—Dime, Toa de Fuego, ¿a qué le tienes más miedo? —preguntó el Turaga.

Tahu Nuva pensó en todos los enemigos a los que se había enfrentado: Makuta, los Bohrok, los Bahrag, los Bohrok-Kal, los Rahi, los Rahkshi. Recordó todas las batallas, perdidas y ganadas, todos los misterios resueltos, todos los peligros a los que se había enfrentado y que había superado. Pero no se le ocurrió ninguna respuesta que respondiese fácilmente a la pregunta de Vakama.

—Si no le temes a nada —dijo el Turaga— entonces es que eres un loco y no entenderás mi historia. Contártela será una pérdida de tiempo.

En otro tiempo, Tahu hubiera reaccionado ante tales palabras con furia. Pero había aprendido mucho sobre sí mismo durante la batalla con

Makuta y los Rahkshi. Cuando hablaba lo hacía con firmeza y en un tono de voz bajo.

—Ignorancia, Turaga.

—Explícate.

—Me preocupo... tengo miedo... de que un día mis amigos se vean en peligro por mi culpa, incluso que pierdan la vida por no saber yo todo lo que debería.

Vakama sonrió.

—Entonces no eres un loco, Tahu. Eres un líder porque eso es lo que todos los líderes temen. Espero que sea una pesadilla que nunca veas convertida en realidad.

Nokama y Nuju se dieron la vuelta al oír las palabras de Vakama. Algo había en el tono de las mismas que hizo que el corazón de Gali se encogiera. Por un momento, deseó poder bloquear cualquier sonido para no tener que escuchar las historias que estaban por venir.

—Habéis oído historias de traición y esperanza —dijo Vakama—. De poder perdido y poder conquistado. Habéis sabido de mis labios detalles sobre el paraíso de la ciudad de Metru Nui. A través de mis historias os habéis enfrentado a Makuta una vez más, cuando su oscuridad acababa de nacer.

El Turaga movió la cabeza con tristeza.

—Pero no sabéis nada sobre lo que fue de aquella ciudad… nada sobre la verdadera sombra… y nada sobre las terribles decisiones a las que un héroe tiene que enfrentarse. Decisiones que atormentan sus despertares durante siglos.

Vakama alzó la mirada. En sus ojos Tahu era capaz de distinguir parte del fuego que albergaba cuando era un Toa Metru, hace ya mucho tiempo.

—Así que esto es lo que haré por vosotros, Tahu Nuva —dijo el Turaga—. Os contaré otra historia, a ti y a todos tus compañeros héroes de Mata Nui. No escatimaré detalles. Y cuando acabe, tendréis que tomar una decisión. Si deseáis que guarde silencio, no diré nada más y podréis quedaros satisfechos con lo que ya sabéis.

El tono de voz de Vakama se volvió tan sombrío como la guarida de Makuta.

—O pídeme que continúe hablando, Toa de Fuego, y os descubriré las formas ocultas en las sombras y el verdadero significado del terror.

El Turaga se dio la vuelta listo para marcharse, dejando a Tahu, Gali y Kopaka sopesando el significado de sus palabras.

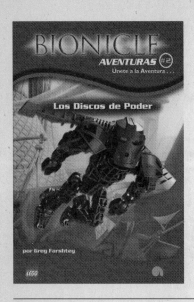

Los discos de poder
Aventuras #2

ISBN: 84-9763-248-6
Págs: 128
PVP: 4,95 •

Los Toa están buscando los Discos de Poder. Sin ellos, puede que nunca sean capaces de derrotar a las Morbuzakh que están destruyendo Metru Nui. ¿Tendrán éxito en su búsqueda? ¿O serán traicionados de forma inesperada?

Las profundidades de Metru Nui
Aventuras #3

ISBN: 84-9763-249-4
Págs: 128
PVP: 4,95 •

Los Toa Metru se adentran en los Archivos de Metru Nui que contienen muchas extrañas y peligrosas criaturas. Pero una fuga de protodermis amenaza con destruirlos. ¿Sabrán reconocer a su nuevo enemigo? ¿O serán derrotados uno a uno en las profundidades de Metru Nui?

La leyenda
de los Toa
Crónicas #1

ISBN: 84-9763-258-3
Págs: 128
PVP: 4,95 •

En tiempos muy remotos, un
gran poder vigilaba la tierra de
Mata Nui, protegiéndola del
mal. Pero ahora una poderosa
amenaza se extiende. Cuando
todo parece perdido, seis héroes emergen de la oscuridad.
Son los Toa, y su destino es destruir las fuerzas del mal y res-
taurar la paz.

La Amenaza
de los Bohrok
Crónicas #2

ISBN: 84-9763-259-1
Págs: 128
PVP: 4,95 •

Finalmente los Toa han permanecido juntos como un ejército del bien. Pero ¿serán suficientes su poderes para derrotar a los esbirros de Makuta? Las
hordas Bohrok avanzan arra-
sando la tierra, y sólo los Toa
pueden pararlas. ¿Será está carga muy pesada para los Toa?

AVENTURAS

1. El Misterio de Metru Nui
2. Los Discos de Poder
3. Las Profundidades de Metru Nui
4. Leyendas de Metru Nui
5. La Odisea de los Toa
6. Laberinto de Sombras
7. La Telaraña de los Visorak
8. El Reto de los Hordika
9. La Red de las Sombras
10. La Trampa del Tiempo
11. La Máscara de la Luz

CRÓNICAS

1. La Leyenda de los Toa
2. La Amenaza de los Bohrok
3. La Venganza de Makuta
4. La Leyenda de las seis Máscaras